暴君

――シェイクスピアの政治学

スティーブン・グリーンブラット Stephen Greenblatt
河合祥一郎 訳

岩波新書
1846

TYRANT
Shakespeare on Politics
by Stephen Greenblatt

First published 2018 by W. W. Norton & Company, Inc., New York.
This Japanese edition published 2020 by Iwanami Shoten, Publishers, Tokyo
by arrangement with the author,
c/o BAROR INTERNATIONAL, INC., Armonk, New York, USA
through Tuttle-Mori Agency, Inc., Tokyo.

ジョゼフ・コアナーとルーク・メナンドに

目次

第1章　斜にかまえて……1
第2章　党利党略……29
第3章　いんちきポピュリズム……43
第4章　性格の問題……65
第5章　支援者たち……83
第6章　勝ち誇る暴君……107
第7章　唆す者……123

第8章　位高き者の狂気……147
第9章　没落と復活……179
第10章　抑えることのできる頭角……203
結　部……239
謝　辞　248
原　注　252
索　引

第1章　斜にかまえて

一五九〇年代初頭に劇作をはじめてからそのキャリアを終えるまで、シェイクスピアは、どうにも納得のいかない問題に繰り返し取り組んできた。

——なぜ国全体が暴君の手に落ちてしまうなどということがありえるのか？

「国王は唯々諾々と従う国民を統治するが、暴君は従わぬ者を統治する」とは、十六世紀のスコットランドの偉大な学者ジョージ・ブカナンの言葉だ。自由社会は、ブカナンの表現を借りれば、「国民の利益を考えずに私利私欲に走り、国のためでなく自分のために」政治を行おうとする者を排除する仕組みになっているはずなのだ（注1）。一見堅固で難攻不落に思える国の重要な仕組みが、どのような状況下で不意に脆《もろ》くなってしまうのかと、シェイクスピアは考えた。なぜ大勢の人々が、嘘とわかっていながら騙《だま》されるのか？　なぜリチャード三世やマクベスのような人物が王座にのぼるのか？

そんなひどい事態は、広範囲に亘《わた》る共謀がなければ起こるはずがないと、シェイクスピアは示唆する。国民がその理想を捨て、自分たちの利益さえも諦める心理の働きを、シェイクスピアの劇は探っている。なぜ、明らかに統治者としてふさわしくない指導者、危険なまでに衝動的で、邪悪なまでに狡猾で、真実を踏みにじるような人物に心惹かれてしまうのか――シェイクスピアは考えた。嘘つきで粗野で残酷だとわかっても、それがある状況では致命的な欠点とならずに、熱烈な支援者を惹きつける魅力となるのはどうしてか？　本来ならプライドも自尊心もある人々が、暴君の完璧な厚顔無恥に屈するのはなぜか？　やりたい放題の、目を瞠《みは》るほどの不道徳になぜ屈するのか？

そのように屈することの悲劇的代償をシェイクスピアは何度も描いている――道徳は崩壊し、多くの財産が潰《つい》え、人が死ぬ――そして、傷ついた国家がわずかでも健康を取り戻すためには、苦しい必死の英雄的な努力が必要となる。手遅れにならないうちに、恣意的無法政治へ陥るのをとどめる方法はないものかと、シェイクスピアの劇は問いかける。暴君が必ず惹き起こす国民の破滅を防ぐ効果的手段はないものかと。

シェイクスピアは、決して当時のイングランドの統治者エリザベス一世を暴君として非難してはいない。シェイクスピアが個人的に何を考えていたかはともかくとして、そんなことを舞台でおくびにでも出そうものなら自殺行為だった。女王の父ヘンリー八世の時代に遡《さかのぼ》る一五三四年、治世者を暴君と呼ぶ者は謀叛人なりと法で定められたのだ(注2)。そんな罪を犯せば死刑だ。

シェイクスピア時代のイングランドでは、舞台の上であろうがどこであろうが、表現の自由などなかった。『犬の島』という劇が一五九七年に公演されて扇動的とされ、劇を書いたベン・ジョンソンが逮捕され、投獄されて、ロンドンじゅうの劇場を取り壊せとの政令が発せられた（幸い施行されることはなかったが）（注3）。タレこみをする連中は劇場で観劇し、反体制的とみなせることがあれば権力側に告げ口して報酬をもらおうとした。実際に起きている事件や政府高官を批判的に描写するのは、とりわけ危険だった。

現代の全体主義体制下と同様に、人々は暗号を用い、自分たちにとって何よりも重要なことを遠回しに語った。しかし、シェイクスピアが置き換えを好んだのは、必ずしも用心していたからではない。どうやら物事はそのものずばりではなく、斜にかまえて見たほうが、重要な面が見えてくると思っていたらしい。真実を認識するには——（ニーチェは「真実は醜い。真実のせいで死んでしまわないように芸術がある」と言ったことで知られるが）真実を手にしても死なずにいるには——作品を通してそれを描くか、あるいは歴史的距離を置くのが一番だと、シェイクスピアの劇はほのめかしている。だからこそ、シェイクスピアは伝説のローマ人指導者ガイウス・マルキウス・コリオラヌス（コリオレイナス）や歴史的人物ユリウス・カエサル（ジュリアス・シーザー）に魅了されたのだ。ヨーク公、ジャック・ケイド、リア、そしてとりわけ暴君の中の暴君であるリチャード三世や、マクベスといった、イングランドやスコットランドの年代記の人物が魅力的に描かれたのもそれゆえだ。『タイタス・アンドロニカス』の残虐な皇帝サターナイナス、『尺には尺を』の腐敗した公爵代理アンジェロ、『冬物語』の被害妄想狂のリオンティーズ王といった、まったく想像上の人物に魅惑されたのも同じ理由である。

シェイクスピアが大衆に人気があったことから、当時の人たちの多くも同じように感じていたのだろうと推測できる。シェイクスピアの書き方は当時の状況から解放され、愛国主義とか従順とかについて嫌になるほど繰り返されてきた陳腐な表現からも解放されて、容赦なく図星を衝《つ》く。もちろんエリザベス朝の時代や場所から離れることはできないものの、シェイクスピアは単にその時代の人物ではないのだ。どうしようもなく不明瞭だった事柄がくっきりした像を結べば、シェイクスピアは見えたことについて黙っている必要はなかった。

現代の私たちの時代においては、ソビエトの崩壊とか、アメリカの住宅バブルの崩壊とか、驚くべき選挙の結果とかいった大事件が起こると、けばけばしい光に照らし出されてうんざりする事実――すなわち、権力の中枢にいる連中でさえ、何がどうなるのかわかっちゃいないという事実――が明らかになるわけだが、シェイクスピアはこのこともわかっていた。連中の机の上にどんなに計算書や調査書が堆《うずたか》く積まれていようと、金をかけてスパイ網をめぐらして、高給の専門家による軍隊を配備しようと、実は五里霧中の状態にいるのだ。はたから見ていると、あれやこれやの重要人物にそれなりに近づけば、実際の政治状況がわかって、己や自国を守るのにどんな手段を講じればよいかわかるような気がしてしまう。しかし、そんなのは妄想でしかない。

シェイクスピアは一連の歴史劇の最初で、「当て推量やら嫉妬やら推測やら」(『ヘンリー四世第二部』序幕第一六行)でふくらんだ噂話を垂れ流す「噂」という人物を「舌がいっぱい描かれた」衣装を着せて登場させる(注4)。噂のせいで、とんでもない誤解をされた合図、虚偽の安逸、誤った警報、大きな希望から突然死にたくなる絶望への転落など、痛ましい事件が次々に展開する。最も騙されてしまうのは、一般大衆ではなく、特権階級の権力者たちなのだ。

つまり、シェイクスピアにしてみれば、そうしたぺちゃくちゃ話す舌の雑音が消されたときのほうがはっきりと物が考えられるのであり、現状からそれなりに距離をとったほうが真実を語りやすいのだ。斜にかまえることで、誤った思い込みや、長年信じられてきたことや、敬虔深さという見当違いの幻想に惑わされることなく、その下にあるものをしっかりと見つめることができる。だからこそ、シェイクスピアは、キリスト教信仰や君主国の論理が通用しない古典古代の世界に興味を持つ。それゆえに、『リア王』や『シンベリン』の舞台となるキリスト教以前のブリテンに魅了され、『マクベス』の舞台を十一世紀スコットランドの乱世としたのである。リチャード二世の十四世紀の治世からリチャード三世の没落までを描く壮大な歴史劇において、シェイクスピア自身の世界に近づくようなことがあっても、描く出来事と自分とのあいだに少なくともまるまる一世紀は慎重にとっている。

執筆時、エリザベス一世は三十年以上女王として君臨していた。時には怒りっぽかったり、機嫌が悪かったり、傲慢だったりしても、女王が国家の政治体制の尊厳を尊重していることは誰も疑わなかった。女王が認可する以上に、より積極的な対外政策を打ち出そうとしたり、国内の叛乱分子をより厳しく罰すべきだと訴えたりする連中も、女王が自らの権力の限度を賢明にも心得ていることを認識していた。シェイクスピアが女王を暴君とみなすようなことは、たとえ心の奥底であっても、ありえなかった。けれども、当時の他の国民と同様、これから先どうなるのだろうかと心配していたはずだ。一五九三年に、女王は六十歳の誕生日を祝った。未婚で子供がいない女王は、王位継承者を指名するのを頑固に拒んだ。まさか永遠に生き続けるつもりか？

少しでも想像力がある者にとっては、じわりじわりとした時の攻撃よりももっと心配すべきことがあった。この王国には宿敵がいて、非情な国際的陰謀の存在が広く恐れられていたのである。敵は、狂信的な秘密諜報員を訓練して海外に放ち、テロ工作を行わせる。秘密諜報員たちは、ローマ・カトリック教会の教義に反する人間を殺すことは罪ではないと信じ込んでいた。それどころか、神の仕事をしていると思っていたのだ。彼らはフランス、オランダ、その他至る所で、すでに暗殺や暴動や大虐殺を行ってきた。イングランドでの当座の目標は女王殺害であり、女王の代わりにローマ・カトリック教会の支持者を王位に就け、この国をその歪んだ敬神の考えに従わせようとしていた。最終目標は世界制覇だ。

テロリストは、たいてい自国で生まれるので特定がむずかしい。急進的思想を持ち、海外の訓練機関に入り、それからこっそりイングランドに戻ってくるので、普通の忠誠心のある国民の中にたやすく溶け込んでしまう。国民は、かりに身内が危険思想を持っているのではないかと疑っても、身内を売るのは当然ためらう。過激論者たちはアジトを作り、密かに集まって祈り、暗号化したメッセージを交換し、新たな仲間になりそうな人を物色する。ターゲットとなるのは、暴力や殉死を夢想しがちな、不満を抱えて落ち着きのない若者たちだ。そうした連中の中には、「イングランド侵攻の艦隊を出すから、君たちが武装蜂起してくれれば援助しよう」とほのめかす外国政府の高官と秘密の契約を結ぶ者もいた。

イングランドのスパイ組織はかなり警戒して、海外の訓練機関に二重スパイを送り込み、手紙を検閲し、居酒屋や宿屋での会話を盗聴し、港や国境を慎重に検閲していた。しかし、危険を一掃できるものではない。たとえテロリストの容疑者を捕まえて、誓いを立てさせて尋問したところで埒《らち》が明くものではない。なにしろ、そうした連中はその宗教的指導者たちから「二枚舌」（エクィヴォケーション）――嘘が嘘にならず、相手を誤解させる方法――と呼ばれる嘘のつき方を教えられた狂信者たちなのだから。

容疑者を拷問にかけて尋問することもしょっちゅう行われていたが、それでも口を割らせるのは容易ではなかった。女王のスパイ組織のボスに送られた報告書によれば、一五八四年にオランダのオラニエ公を暗殺した過激論者――国家元首を拳銃で射殺した最初の男――は、異様なまでに強情だったという。

その晩、男はロープでぶたれ、先の割れた羽根ペンで肉を切られ、それから塩水に漬けられ、喉には酢とブランディーが流し込まれた。これほどの拷問を受けても、悲痛や悔悟の様子をおくびにも出さず、それどころか、自分は神に喜ばれる行為をしたのだと言う。（注５）

「神に喜ばれる行為」――これこそが、洗脳された連中が信じていたことだった。裏切りの暴虐行為をしたことで、天国で報いを得られると思い込んでいたのである。

十六世紀後半イングランドの熱心なプロテスタント教徒によれば、問題となっている脅威はローマ・カトリックの教義だった。女王の主たる顧問官たちが心底困ったのは、エリザベス一世自身がそのことをはっきり言いたがらず、顧問官たちが必要と考える対策をとろうとしなかったことだ。女王は、強力なカトリック国家を相手に金のかかる血みどろの戦争をしたくはなかったし、一部の狂信者の犯罪のせいでローマ・カトリックという宗教全体を貶《おとし》めたくなかったのである。女王のスパイ組織のボスであるフランシス・ウォルシンガムの言葉を借りれば、何年も「臣下の心や秘めた思いに窓をあけ」(注6)ることを望まなかった女王陛下は、表向きは公的な国家の宗教に改宗するのであれば、臣下に密かにカトリックを信仰することを許してきた。そして、事態がかなり逼迫してきても、陛下はいとこであるカトリック信者のスコットランド女王メアリの処刑の認可を繰り返し拒絶したのだ。

スコットランドから追放されたメアリは、責められることも裁判にかけられることもなく、イングランド北部に保護を兼ねて拘留されていた。メアリはイングランド王位への強力な継承権があると主張し得たので――エリザベス一世よりも強力だと考える人もいて――当然、ヨーロッパのカトリック勢力はメアリを担ぎ上げようと企んだし、国内の急進派カトリック信者も危険な陰謀の足がかりにしようと大いに白昼夢をふくらませた。メアリ自身は、無鉄砲にも、自分を用いようとする邪悪な計画を許したのである。

この計画の黒幕は、ローマにいる教皇その人だと広く信じられていた。教皇の特殊部隊は、あらゆる点で教皇に従うことを誓ったイエズス会士である。イングランドにおけるその隠れた軍隊は、何千もの「隠れカトリック教徒」――英国国教会の礼拝に参加する義務は果たすが、心の中ではカトリックに忠誠心を抱いている人たち――である。シェイクスピアが成人した頃、公にはイングランドに入国を禁じられており、捕まったら死刑となるイエズス会士の噂や脅威は広く知れ渡っていた。実際にイングランドにいたイエズス会士は少なかったかもしれないが、彼らが惹き起こした恐怖と嫌悪はかなりのものだった(一部では密かに讃美の念をも惹き起こしていた)。

シェイクスピアがカトリックとプロテスタントのどちらに味方していたのか本当のところをはっきり知ることは不可能だ。しかし、中立だったり、無関心だったりしたはずはない。カトリックの時代に生まれた両親は、当時のほとんどの人たちと同様に、宗教改革後もカトリックの世界とのつながりを失わなかった。大いに用心しなければならなかったが、それはプロテスタントの政府から厳罰を食らうからだけではなかった。イングランドにおける戦闘的カトリックの脅威は、決して空想の産物ではなかったのだ。一五七〇年に教皇ピウス五世は、エリザベス一世を異端かつ「犯罪の僕《しもべ》」として破門する大勅書を発行した。女王の臣下は、女王に対して誓ったいかなる義務からも解放され、実のところ、従わないようにと厳かに命じられた。十年後、教皇グレゴリウス十三世は、イングランドの女王を殺しても地獄堕ちの罪にならないとほのめかした。それどころか、教皇庁の国務長官は、「誰であれ、神のためのお勤めをする敬虔な意図があれば、イングランド女王をこの世から送り出しても、罪を犯すどころか手柄になることはまちがいない」と、教皇に代わって宣言したのだった(注7)。

この宣言は、殺人教唆である。イングランド人のカトリック教徒のほとんどは、そのような暴挙に出るつもりはなかったものの、女王を異端の統治者として国から除外しようと思った人も少しはいた。一五八三年、政府のスパイ組織は、スペイン大使と結託して女王暗殺を謀る陰謀を発見した。その後数年間、危ないところで危険が回避された類似の話が続いた。手紙が検閲され、武器が差し押さえられ、カトリックの司祭が逮捕された。疑念を抱いた隣人からの通報を受けて、役人たちは田舎の隠れ家に駆けつけ、戸棚をぶち壊し、空洞がないかと壁を叩き、床板をひっぺがして、いわゆる〝司祭の隠れ穴《プリースツ・ホール》〟を探した。しかし、それでもエリザベス一世は、メアリの脅威を排除しようとはしなかった。「神よ、陛下の目を開けさしめ、その危険を見させたまえ」と、ウォルシンガムは祈った(注8)。

女王の側近は、「女王安全保障の契約」を結ぶというかなり異例な手を打った。これに署名した者は、女王の命を狙った者に復讐を誓うのみならず、王座にのぼろうとしかねない者――メアリを想定していたのは明らかだ――のために女王暗殺が謀られた場合、その成否にかかわらず、王座にあげられようとした者を殺害する誓約をしたのである。一五八六年、ウォルシンガムのスパイたちは、今度はアンソニー・バビントンという名前の裕福な二十四歳のカトリックの紳士が関わる別の陰謀を嗅ぎつけた。この男は同志らと一緒に、「暴君」こと女王を殺害するのは道義的に許されるはずだと確信した。権力側はこのグループの中に二重スパイを潜り込ませ、暗号を解読して、この陰謀がゆっくりと形になっていくのを見守った。実のところ、バビントンが怖気づくと、仲間に潜入していたウォルシンガムのスパイの一人が、続けるように促したのだ。この作戦で、プロテスタント強硬派が最も望んでいた実入りがあった。十四人の共謀者たちを一網打尽にして、謀叛の咎《とが》で有罪とし、それから絞首刑にし、体を切り、ばらばらにしたのみならず、不注意にも謀叛を黙認してきたメアリをも逮捕したのである。

二〇一一年のウサマ・ビン・ラーディン殺害と同様、一五八七年二月八日にメアリの首を刎《は》ねてもイングランドのテロの脅威に終止符は打てなかった。翌年にスペインのアルマダ艦隊を打ち破っても、終わらなかった。どちらかというと、イングランドの雰囲気は暗くなった。ふたたび外国が今にも攻めてきそうな不安があり、政府のスパイたちは仕事を続行した。カトリックの司祭たちは相変わらずイングランドに侵入しようとし、囲い込まれてますます捨て身になってきた会衆たちのために礼拝式を行った。ひどい噂が依然として広まっていた。日雇い労働者が一五九一年に「今の女王が生きてるあいだは陽気な世界にゃならねえな」と口走ったために晒し台に立たされた。「今の政府はとんでもねえな……女王が死ねば変わるから、今の宗教のやつらは根こそぎにされるぞ」と言ったために似たような罰を受けた者もいた(注9)。一五九二年のサー・ジョン・ペロットの謀叛の裁判では、ペロットが女王のことを「卑しい妾腹の台所女」と言ったという深刻な告発があったとの報告がある。星室《せいしつ》裁判所では、王璽尚書《おうじしょうしょ》が、ロンドンに流布している「公の場での暴言、虚偽、嘘、謀叛の誹謗中傷」に不服を述べ立てた(注10)。

謀叛すれすれの何気ない会話は大目に見るとしても、まだ心配すべき王位継承問題があった。女王が赤いぎらぎらの鬘《かつら》をつけ、宝石だらけの贅沢なガウンをまとったところで、加齢は隠せなかった。関節炎になり、食欲は減退し、階段をあがるときは杖を使いはじめていた。宮廷人サー・ウォルター・ローリーがいみじくも表現したとおり、「時も驚く女性」なのだ。だが、後継者を指名しようとはしなかった。

後期エリザベス朝のイングランドでは、あらゆる秩序がかなり揺らいできたことは、実は誰もがわかっていた。その不安は、今の支配を守ろうとする一握りのプロテスタントのエリートたちだけのものではなかった。追い込まれたカトリック教徒らが何年も言い続けてきたことによれば、女王は権謀術数の政治家たちに囲まれており、そのいずれもが自分の派閥の利益を推し進めようと常に工作して、ありもせぬカトリックの陰謀への恐怖を掻き立て、自らが絶対権力を握ろうと虎視眈々としているという。不満を抱く清教徒《ピューリタン》たちも、カトリックに対して似たような恐怖を抱いていた。この国の宗教はどこに落ち着くのか、富はどう配分されるのか、外国との関係はどうなるのか、内乱は起こるのかといったことに関心のある者なら誰でも――つまり、一五九〇年代に敏感に生きていた人全員が――女王の健康状態を心配し、宮廷での派閥争いやスペイン侵攻の脅威、イエズス会士の隠れた存在やピューリタン（当時はブラウン派と呼ばれていた）の扇動、そのほかの不安について語りあっていたのだ。

もちろんそのほとんどは小声でなされなければならなかったが、政治的議論がいつもそうであるように、いつまで経っても堂々めぐりだった。シェイクスピアは、『リチャード二世』の庭師たち、『リチャード三世』の名もなきロンドン市民たち、『ヘンリー五世』の開戦前夜の兵士たち、『コリオレイナス』の餓えた平民たち、『アントニーとクレオパトラ』の皮肉な中尉といったようなあまり目立たない人物たちが国政を論じ、噂する様子を描いている。そのように、下々がお偉いさんたちを云々すると、エリートたちは怒る――「おい、家へ帰ってろ、このクズどもめ」(『コリオレイナス』第一幕第一場二一三行)と、貴族は不平を訴える連中に怒鳴る。しかし、クズどもは黙ってはいない。

舞台でイングランドの国家安全の問題を大なり小なり直接描くわけにはいかなかった。ロンドンで人気の劇団はどこも、おもしろい話を必死に求めており、アメリカで大人気のテロリストと戦うテレビドラマ「ホームランド」のようなものに観客を呼び込もうと必死だった。しかし、エリザベス朝の劇場には検閲が入り、たまには検閲がゆるいこともあるものの、女王の治世を脅かすような陰謀を舞台化することは許されなかった。ましてやスコットランド女王メアリや、アンソニー・バビントンや、女王その人を舞台で演じてみせるなど、もってのほかだった(注11)。

検閲があれば、当然ながら、検閲逃れの技法が生まれる。『カンタベリー物語』で「王様の耳はロバの耳」とこっそり言ってしまったミダース王の妻のように、自分が気になって仕方のないことは、誰ということなく話したいものだ。互いにしのぎを削りあう劇団には、この衝動を利用しようという強い経済的動機があった。そして、場面を遠く異国に移して、遙か過去の出来事として描けばよいと思いついた。あまりにも似すぎているとされたり、歴史的事実が正しく描かれている証拠を出せと要求されたりすることもたまにはあったが、たいてい検閲官はこのごまかしを見逃してくれた。ひょっとすると、権力側も何らかの空気を逃がす穴をあけておいてやる必要があると思ったのかもしれない。

シェイクスピアは、わざと遠回しにしたり置き換えたりして表現する名手だった。当時のイングランドを舞台にしたいわゆる「市民喜劇」は決して書かず、ごくわずかな例外を除いて、当時の出来事から安全な距離を置いた。エフェソス、ティルス(タイア)、イリリア、シシリア、ボヘミアなどでや遠海の名もなき不思議な島で物語を展開するのが好きだった。王位継承の危機、腐敗した選挙、暗殺、暴君の台頭といった波瀾万丈の歴史的事件を描くときは、古代ギリシャや古代ローマ、先史時代のブリテン、あるいは祖父の祖父より前の時代のイングランドに設定した。シェイクスピアは、よりおもしろく鋭い物語を生み出すために、種本とした年代記の物語を自由に変更して書き換えたが、はっきりこれとわかる資料を用いており、権力から提出を求められた場合、提出して自分を守れるようにしていた。シェイクスピアが牢獄生活を望まなかった、あるいは鼻を削ぎ落とされたくないと思ったとしても無理はない。
この生涯に亘る遠回り作戦にたった一つ目立った例外がある。一五九九年に書いた『ヘンリー五世』で、ほぼ二世紀前にイングランド軍がフランスを侵略した際の輝かしい勝利を描いたのだが、劇の終盤で、コロスが、勝利した王が首都に帰ってきたときに受ける栄光の歓迎を想像してほしいと観客をいざなうのだ——「見よ／想像を大いにたくましくして見るがいい／ロンドンがその市民を注ぎだすさまを」(第五幕序場二二～二四行)。それから、この国の過去を大衆が祝うというイメージにすぐ続いて、コロスはもうすぐ目にすることになるはずの類似の場面を語る。

されば今、我らが女帝陛下の将軍が、
まもなくアイルランドから
叛徒を剣に突き刺して帰還なされば、
いかに多くの民が太平の町を抜け出して
出迎えることでありましょう！
(第五幕序場三〇～三四行)

問題の「将軍」とは、女王の寵臣エセックス伯のことであり、このときティローン伯ヒュー・オニール率いるアイルランド叛乱軍を討伐すべく、イングランド軍を率いていた。シェイクスピアがなぜ直接、当時の出来事――それも「まもなく」起こる出来事――に言及しようとしたのかわからない(注12)。もしかすると、パトロンである富裕なサウサンプトン伯から、そうしろと促されたのかもしれない。シェイクスピアが詩『ヴィーナスとアドーニス』と『ルークリースの凌辱《りょうじょく》』を捧げた伯爵だ。エセックス伯の親友であり、政治的な同志でもあるサウサンプトン伯は、この自惚れの強く、借金まみれの親友が大衆の喝采を熱心に求めていて、劇場こそ大衆に訴えるのに最適の場所だとわかっていたのだろう。それゆえ、将軍がまもなく凱旋するのを愛国的に迎え入れるように仕向けるのがよいとシェイクスピアにほのめかしたのかもしれない。それを断るのはむずかしかっただろう。

ところが、『ヘンリー五世』の初演直後、強情なエセックス伯は確かにロンドンに戻ってきたものの、ヒュー・オニールの首を剣先に突き刺しての帰還ではなかった。惨めな敗戦を喫したエセックス伯は、両手を挙げてアイルランドから逃げ去り、そこにとどまるべしとの女王の明確な命令に背いてロンドンに帰ってきてしまったのだ。

それから起こった一連の出来事は、イングランドの体制のまさに根幹を揺るがす危機へと瞬く間に発展していった。エセックス伯は、泥だらけの恰好のまま女王の部屋に飛びこみ、その足もとにひれ伏し、自分を憎む連中を激しく罵った。その無謀にして望まれない帰国は、宮廷におけるエセックス伯の主たる敵――女王の秘書長官ロバート・セシル、寵臣ウォルター・ローリーら――に彼らがずっと求めてきた機会を与えることになった。裏をかかれて、ますます動揺したエセックス伯は、女王の寵愛がなくなっていくのを目の当たりにする。これまでずっと自分を抑えてきたエセックス伯だったが、カッとなって女王が「年をとって頭がぼけ」、その精神は「老いぼれた体のようにおかしくなっている」(注13)と口走るという、取り返しのつかないへまをやらかしたのだ。

宮廷では激しく競いあう党派ができてしまうものであり、エリザベス女王はそれを巧みに操ってバランスをとってきた。ところが、女王の衰弱が進むと、昔からの敵対は激化して、殺意さえ出てきた。枢密院が国家の案件でエセックス伯を召還したとき、伯は出席を拒否し、ローリーの命令で暗殺されると主張した。その恐怖と嫌悪に、ロンドン大衆が立ち上がって自分を支持してくれるという妄想じみた自信とが相俟って、ついにエセックス伯は、女王の顧問官たちに対して武装蜂起をしたのだ。それは、ひょっとすると女王に対する蜂起でもあったかもしれない。蜂起は、悲惨な失敗だった。エセックス伯と、サウサンプトン伯を含む主たる同志は逮捕された。

ローリーは、公的な取り調べを指揮したセシルに対して、憎き敵を一気につぶす千載一遇の機会を逃さないようにと促した。「この暴君に対して気持ちを緩めるようなことがあったら、後悔先に立たずとなることでありましょう」と、ローリーは書き送った(注14)。ここにある「暴君」とは、何気ない侮辱以上の言葉だ。エセックス伯が返り咲くようなことがあったら、女王の高齢を考えると、伯が王国を支配する立場に立ち、法的な詳細など無視するにちがいないとローリーはほのめかしているのである。そうなれば敵を排除しようとし、丁寧に引退を求めたりするはずがない。暴君がしそうなことをするだろうというわけだ。

セシルがその調査を終えると、エセックス伯とサウサンプトン伯は裁判にかけられ、第一級の謀叛の罪で死刑を宣告された。サウサンプトン伯の宣告は無期懲役に減刑されたが、女王のかつての寵臣に対して慈悲はかけられなかった。一六〇一年二月二十五日、エセックス伯は処刑された。処刑台で伯がしたとされる情けない告白――謀叛の蜂起を計画して今や「当然ながら王国から抹殺される」と言ったという――が死後公表されたのは、政府の配慮だった。

シェイクスピアがこうした物騒な揉め事に少しでも近づいてしまったのは愚かだった。『ヘンリー五世』でシェイクスピアらしくもなく、「将軍」として現代政治に言及してしまったことで公的なお咎めはなかったようだが、まかりまちがえば大変なことになっているところだった。と言うのも、一六〇一年二月七日の土曜日――例の失敗した蜂起の前日――の午後、エセックス伯の執事サー・ゲリー・メイリックを含む伯の主たる支持者たちが、テムズ河をボートで渡ってグローブ座へやってきたのだ。数日前、メイリックの手の者たちがこの劇場の専属劇団である宮内大臣一座に、「リチャード二世王の退位と殺害」を描く昔のシェイクスピア劇の上演を依頼していた。役者たちは抗弁して言った――「『リチャード二世』は古い劇で、あまり客は集まりません」と。その抗弁は、普通の上演で得られる十ポンドに加えて四十シリングを払って貸し切り公演とすることで、取り下げられることになった。

しかし、なぜゲリー・メイリックたちは『リチャード二世』をそんなに上演してもらいたがったのだろうか？　そのときふとそんな気になったわけではあるまい。生きるか死ぬかの瀬戸際に、わざわざ時間と金をかけて計画したのだから。なぜそうしたかの記録はないが、このシェイクスピアの劇が王とその取り巻きの没落を描くことを覚えていたのではないだろうか。「私は時間を無駄にした。そして今度は時間が私を亡きものとする」(第五幕第五場四九行)と、落ちていく王は嘆き、王の強欲な顧問官たち(「社会の害虫」と、王位簒奪者は呼ぶ)は処刑される。エセックス伯がセシルやローリーに味わわせてやりたい運命だ。

『リチャード二世』において、王位簒奪者によって殺されるのは王の顧問官たちだけではない。王自身も殺されるのだ。王位を簒奪するボリングブルックは、現国王を倒そうとか、殺そうなどとはっきりと口にしたりはしない。エセックス伯と同じく、国王の取り巻きが腐敗していると文句を言って、自分個人になされた不正をあげつらうのみだ。しかし、リチャードの廃位と投獄を行い、自らがヘンリー四世として王位に就いてしまうと、狡猾な曖昧さ――政治家たちが知らぬ存ぜぬを決め込む例の曖昧さ――をもって決定的な最終段階に乗り出す。シェイクスピアはもちろんその動きを直接描いたりはしない。その代わりに王の言葉を聞いた者がその言葉の意味をこう考えるのだ。

エクストン　王の言葉を聞かなかったか？
「この生きている恐怖を除いてくれる味方はいないのか？」
そう言われなかったか？
召し使い　　　まさにそうおっしゃいました。
エクストン　「味方はいないのか？」とおっしゃった。二度までも。
そして、二度までもそうしてほしいとおっしゃったな？

召し使い　さようです。

エクストン　そう言いながら、私に、求めるような目を向けられた。

まるで「おまえが、私の心から、

この恐怖を取り除いてくれたらいいのに」と言わんばかりに。

ポンフレットにいる王のことだ。さあ、行こう。

私は王の味方であり、王の敵を取り除くのだ。

（第五幕第四場一～一一行）

これが場面のすべてだ。一瞬で終わるが、どんな作用が働いているか示すには十分だ。廃位された王に対して正規の法的手続きは取られない。必要なのは、慎重に繰り返される意味深長なほのめかしであり、その意味を汲んでくれそうな人に対してわざと（「求めるような目」で）向けられた表情さえあればいいのだ。

新しい時代になればいつだって、支配者の気に入られようとする人間が出てくるものだ。シェイクスピアが描くエクストンは、誰というわけではない。この場面になるまで見たことも聞いたこともない人物だ。それが「王の味方」になろうとして、「行こう」（第五幕第四場一〇行）と従者に言い、リチャードは即座に殺される。エクストンが褒美を求めて王の前に出て「偉大なる王様、この棺の中に／あなたの埋められた恐怖がございます」(第五幕第六場三〇〜三一行)と申し出ると、案の定、王は叱りつける——「彼の死を望みはしたが、／殺した者を憎み、殺された者を愛する」(第五幕第六場三九〜四〇行)と。「殺された者を愛する」——この絶妙に苦いアイロニーのうちに、この劇は終わる。

ゲリー・メイリックとその仲間の共謀者たちは、自分たちの行動の青写真としてシェイクスピアの劇を参照する必要はもちろんなかった。劇に描かれた状況は自分たちの状況とぴったり一致しないことはわかっていたはずであり、いずれにせよ、自分たちの意図を漏らすつもりはなかったはずだ。現代の読者にとってみれば、没落した君主の内面を鋭く描くこの悲劇には、大衆を扇動して謀叛に加わるように仕向ける影響力はないように思える。

しかし、鍵は、大衆にあるに違いない。貸し切り公演は、限られた観客を前に私的な場所でなされるのが通例だが、宮内大臣一座は『リチャード二世』を一般客向けの大きな野外劇場で再演するように金を受け取ったのであり、観客たちのほとんどは一ペニーの入場料を払って観劇したのだ。エセックス伯は常にロンドン大衆の支持を求め、当てにしていた。そして、シェイクスピアは観客に想像してくれと頼んだのだった——その大衆が、ヘンリー五世がフランスから華々しく帰還したときのようにアイルランドから意気揚々と凱旋するはずの将軍を歓迎して駆けつける様子を。そうはならなかったものの、『リチャード二世』を上演することで、クーデターが成功するさまを上演するのは、大衆に対して(そして恐らくは自分たちに対しても)意味のあることだと共謀者たちは感じたに違いない。ひょっとすると、彼らはただ、自分たちが計画したことは、実現可能だと思いたかっただけなのかもしれない(注15)。

一三五二年まで遡る法令によって、王や王妃ないしは主たる公僕の死を「企てたり想像したり」することは謀叛であるとされていた(注16)。「想像する」という曖昧な語の使用のおかげで、政府は誰を起訴するかかなり自由に決められたので、グローブ座で『リチャード二世』を上演したのは大いに危険な橋を渡ることだった。結局のところ、『リチャード二世』は、王冠を戴く王が廃位させられ殺され、王の主たる取り巻き連中が即決処刑される場面を、大衆の前で描くものだ。しかし、描かれた場面はイングランドの過去に起こった事件であり、暗黙の了解により、そうした歴史的に古い事柄はかまわないとされ、もし現代の設定で上演されたら即座に検閲官の激怒を買って犯罪者として処刑されたかもしれなかったところを、劇作家にも劇団にもお咎めなしで上演できたのである。

とは言いながら、メイリックが手配したせいで、現代の事件から距離をとったものであれば単なる劇であるから問題とならないとされていた暗黙の了解が疑問視されることになる。問題にならないどころか、エセックス伯の共謀者たちは、イングランドの中世史を描くシェイクスピアの悲劇の埃を払ってグローブ座にかけることに、戦略的意義があるとはっきり考えていたわけだ。

その日の午後、『リチャード二世』を観ていたメイリックが何を考えていたのか知る由もないが、少なくとも当時一人の人物がその意味をどう理解していたかはわかっている。エセックス伯処刑の六か月後、エリザベス女王は、ロンドン塔の記録保管役に任命して間もないウィリアム・ランバードに寛大な謁見を許し、学識ある記録保管役は忠実に、女王のために用意しておいた記録の目録を、過去の王の治世ごとに確認しはじめた。リチャード二世の治世のところにくると、エリザベス女王はふいにこう言ったのだ――「私がリチャード二世なのだ。知らなかったのか？」(注17)。その口調がやや激昂しているように感じられたとしたら、それは古文書係があまりにも過去に鼻を突っ込んでいたのに対して、女王は、ほかの皆と同様に、十四世紀の出来事とエセックス伯の蜂起未遂とを比較して暗い物思いに耽っていたためだろう。とっさの気転をきかせたランバードは、重要なポイントは、支配者の死を「想像する」ところにあるとすぐに理解した。「そのような邪悪な想像は、女王陛下がこれまでに最も取り立ててご寵愛なされた、まったく非情な紳士によってなされました」とランバードは女王陛下に言った。

陛下は大仰に答えた。「この悲劇は公道や家々で四十回も上演されてきた」と。現在の危機を理解する鍵を与えてくれるのは劇場、シェイクスピアの劇場なのだ。

『ヘンリー五世』で直接エセックス伯に言及してしまったことで、探られたくなかったシェイクスピアのほかの劇にも政治的な目が向けられるようになった。女王は、頻繁に宮廷公演を命じていたこともあって、役者を罰することはしなかった。罰することは容易だったのだが、あえてそうしなかったことで、シェイクスピアとその劇団は危ないところで首がつながった。シェイクスピアは二度と現代政治に近づく真似はしなかった。

蜂起未遂の結果を受けて『リチャード二世』の特別上演は政府の調査を受けた。シェイクスピアの劇団員の一人が枢密院で証言して、宮内大臣一座の行動を説明せよと命じられた。その返答──「少し余分なお金が頂きたかったもので」──は受け容れられた。サー・ゲリー・メイリックはそれほど幸運ではなかった。この特別公演を手配させ、蜂起を幇助した行為の容疑により、処刑され、切り裂かれ、八つ裂きにされたのである。

第2章　党利党略

『ヘンリー六世』三部作は、かなり初期にシェイクスピアが恐らく他の劇作家と共同で執筆したと考えられる作品だが、この三部作には、通常の政治が専制政治へ変わってしまう歪んだ道が描かれている。三部作は、今ではシェイクスピアの最も知られていない部類の戯曲となっているが、シェイクスピアはこの作品で有名になったのであり、この劇は社会が暴君をどのように受け容れていくかを鋭く描いている。

出発点は、王国の核にある弱さだ。ヘンリー六世王は、父親の不測の死により王座に就くことになった何の経験もない子供であり、国を統治するのは摂政の叔父ハンフリー公だ。この叔父は無私無欲で政治に精を出すが、その力はひどく限られており、まわりには自分勝手な悪党のような貴族たちがたむろしている。王がまだ子供であることに貴族らが不平を漏らすと、摂政は、貴族らが昔を懐かしむような態度をとるのは見せかけにすぎないと暴いてみせる。本当のところは、弱い王のほうが「小学生のように言うことを聞かせられる」から都合がよかろうと言うのだ(『ヘンリー六世第一部』第一幕第一場三六行)。中心に権力の空洞があるがゆえに、貴族らは牽制しあい、互いを貶めようと画策する。だが、そんな派閥の確執の結果、当然ながら公共のためには何もなされず、これから見ていくように、派閥争いは命を奪いあう反目へと硬化してゆく。

ロンドンの法学院が入っている建物に接した庭で、ヨーク公とサマセット公という二人の強力な貴族が、法の解釈をめぐって議論している。二人はまわりで議論を聞いていた人々に、どちらの言い分が正しいか裁定を求めるが、人々は賢くも議論に加わるのを避ける。劇は、二人が言い争っている法的問題が何であるのか詳細を明らかにしていないが、恐らくシェイクスピアは、そこは結局あまり重要でないと考えたのだろう。問題は、互いに妥協を拒みあい、どちらも自分の立場だけが正しいと信じて喧嘩腰になっている点にある。「真実が私の側にあることは明々白々であり、／どんな盲人にだってわかるはずだ」とヨーク公が言うと、サマセット公が「私の側が正しいことは、あまりにはっきりと／輝かんばかりに明らかであるから、／盲人の目に光となって理解されよう」(第二幕第四場二〇〜二四行)と返す。曖昧な領域は認められず、分別のある人が反対するなどありえないとされる。どちらも、これほどまでに「明白」なことを認めないのはつむじ曲がりでしかないと考えている。

双方とも行き詰まり、和解する気などさらさらない。それどころか、シェイクスピアが描くのは、これら二人とその従者たちを越えて、対立がもっと大きな地平へ広がってしまう展開だ。

「生まれながらの真の紳士である者は、／この薔薇の茂みから、私とともに／白い薔薇を摘んでくれ」とヨーク公が言うと、「臆病者でもなければおべっか使いでもなく、／真実の側につこうとする者は、／この茨から赤い薔薇を私とともに摘んでくれ」と、サマセット公が返す（第二幕第四場二七〜三三行）。傍観者たちは、もはやこれまでのように中立ではいられなくなる。選ばなければならなくなるのだ。

歴史上のヨーク公とサマセット公は、個人的な軍隊を有する強力な封建領主であり、ブリテン島の特定の領域を巧みに統治していた。この劇は現代のアフガニスタンの将軍らを思わせるような書き方をすることだってできたが、そうなってはおらず、政党が生まれて、対立する貴族が政敵へと変わっていく様子がわかるような書き方になっている。シェイクスピアはこれを必ずしも現代の政治に重なるようにイメージしているわけではない。当時はまだ、のちの時代にイングランドその他で発展していく派閥組織構造に対応する議会政治などなかったのだから。にもかかわらず、シェイクスピアが見せてくれるものは、奇妙にも我々に見覚えがあるものだ。薔薇は政党のバッジのように機能し、二つの対立する政党を表す。法的議論（それが何であったにせよ）は、白か赤かをただ選ぶことに変わってしまう。奇妙にも現代の政治そのままではないか。

政党とはさまざまな人々の大きな寄せ集めであるがゆえに、政党指導者たちの敵意が逸《そ》れれば、政党同士が歩み寄ることも可能だ。しかし、ここでは逆のことが起こる。はっきりとした政党の対立が生まれるやいなや、怒りのレベルがすっと高まるのだ。「さあ、サマセット、おまえの議論はどこへ行った?」とヨーク公が尋ねると、サマセット公は自分の議論は剣のように鞘《さや》に収まっていると答え、「おまえの白い薔薇を血で赤く染めてやろう」と考えている。ヨーク公も同様に怒って、「この白い怒りの薔薇を、血を呑むわが怒りの印として／私と私の一派は永遠に身につけよう」と答える(第二幕第四場五九〜一〇九行)。

この場面の最初で、法的議論の一方か他方かに意見を述べるように求められたとき、ウォリック伯は意見を控えた。犬や鷹のことなら少しは存じておりますが、こうしたかなり高度な話になりますと——「法律という微妙にして鋭い議論」(第二幕第四場一七行)に関しては——愚かな鳥として知られるコクマルガラスほどの知恵もありませんと穏やかに述べている。ところが、この場面の最後に政党が形成されると、その抑制は消え、白薔薇を摘んで、血を求めるのだ。伯は予言する——

本日テンプル・ガーデンで起こった派閥争いにより

赤薔薇と白薔薇は戦場にて相まみえ、
一千もの魂を送り込むだろう、死の闇へ。

（第二幕第四場一二四〜一二八行）

法的に何にこだわっているのか曖昧である点は根本的に変わっておらず、新たな議論の種が生まれるわけでもなく、貪欲や嫉妬といった潜在的な原因があるわけでもなさそうなのだが、党派の怒りはまるで独自の命を得たかのような勢いとなる。突然、誰もが今にも相手を襲いそうな勢いとなるのだ。まるで王という支配的存在がいないがゆえに、赤薔薇と白薔薇という純粋に因習的で意味のない象徴が、突然の派閥の結束と派閥間の憎悪を生んだかのようだ。

この憎悪こそ、やがては社会崩壊そして専制政治へとつながる重要な要素となる。憎悪のせいで、敵対する相手の声が耐えがたく思え、敵のことを考えるだけで我慢ならなくなる。敵か味方か、そのどちらかでしかありえず、味方でないなら憎み、敵は全員ぶっつぶすまでだ。どちらの派閥も当然ながら権力を求めるが、権力を得ようとする行為それ自体が怒りの表現となる。「相手を倒すための権力がほしい」というわけだ。怒りは侮辱を生み、侮辱は残虐行為を生み、残虐行為は逆に怒りを強めてしまう。この負のスパイラルはやがて制御不能となっていく。

何もかもすぐに崩壊するわけではない。ある程度の社会秩序は保たれる。窮地に立っているものの、ハンフリー公は摂政の座にとどまっているし、摂政が保護している幼い王はそのあいだに若者に成長し、派閥争いによって惹き起こされた危険な問題がわかるようになって、こう宣言するようになる――「内紛とは、国のはらわたを／食らう毒虫にほかならぬ」（第三幕第一場七二～七三行）。それはもちろんそのとおりなのだが、残念ながら、これでは王の発言と言うより、警句好きの道徳家の発言のようだ。王ヘンリー六世には、激しい派閥争いを止めるために必要な要素――カリスマ性、狡猾さ、非情さ――が何一つないのだ。

中心が弱いと、狙われる。ヨーク公は、若いヘンリー王の「本で読んだような統治ぶり」（『ヘンリー六世第二部』第一幕第一場二五六行）を馬鹿にし、うまいぐあいに敵を牽制する。王冠を奪ってやろうと密かに考えはじめたヨーク公は、ほかにも同じことを考えているやつがいるに違いないと気づく。王座にのぼるためには、敵になりそうなやつをすべて片づけなければならない。一方、貴族たちの派閥争いを本気で仲裁しようと考えるヘンリー王は、和解の儀式を行わせる。ヘンリー王は、貴族たちの怒りは「どうかしている」としか思えないと言うのだ。「くだらない」ことで争ったり、薔薇などのような象徴にむやみにこだわったりするなど意味がないと言う（『ヘンリー六世第一部』第四幕第一場一一一～一一二行）。しかし、王はあまりにも無力で、対フランス戦において形ばかりの虚しい協力体制しか打ち出せない。

ヘンリー王が根本的にまともすぎるのも問題なのだ。イングランドの海外領土の権利を守ろうとして美しいフランスの貴婦人マーガレットと結婚したものの、マーガレットがこすからい策士であって傲慢なサフォーク侯爵とできていることにすら気づかない。悪いことを知らない若い王は、甘っちょろい理屈と根本的な道徳観に訴え、万人がそれにすぐ同意してくれるものと信じて疑わない。

王は完全に成人に達してはいないものの、言うことを聞こうとしない派閥の指導者たちをまるでわがままな駄々っ子のようにみなし、その激しい派閥争いを本当に重要な問題からの逸脱としか見ないのだ。

貴族同士の争いを軽蔑する王の気高い心は十分理解できるものの、これでは事態は悪化するばかりだ。たとえば、フランスにおいてイングランドがまだ保有している領土を支配する国王代理として誰を任命すべきかといった重要な人事問題でも、ヘンリー王はどうでもよいという態度を示す――「私としては、貴族諸侯、どちらでもよいのだ。／サマセットでもヨークでも。私には同じことだ」(『ヘンリー六世第二部』第一幕第三場一〇〇〜一〇一行)。けれども、そのような無関心は、競争を煽るだけだ。王が一方をよしと表明してくれたほうがよかったのである。

あるいは、王が支配する体制の表面下でどのような危険が生まれようとしているか、はっきり理解すべきだった。

今にも混沌へと崩れそうな政治を唯一しっかり支えているのが、摂政のハンフリー公だ。しかし、案の定、王族のみならず教会関係者までもが陰謀に加担し、ハンフリー公を破滅させようとする。謀叛人として、いわれなき告訴を受けたハンフリー公は、王に警戒を呼びかけようとする。私が死ぬことで敵どもの陰謀が終わるのであれば、喜んで命を差し出しましょう、とハンフリー公は王に語る。「しかし、私の破滅は、連中の芝居の序詞《プロローグ》でしかありません。／まさか自分がと思っている者がさらに何千と殺されても、／やつらの仕組んだ悲劇が終わることはないでしょう」(第三幕第一場一五一～五三行)と。

ヘンリー王は警告に耳を貸すが、この重要な忠告者である味方を助けてやることはできない。人嘘つきのサフォークが、高潔な摂政は「ひどい欺瞞にまみれている」と議会に告げるのだ。人殺しの枢機卿ボーフォートは、「些細な咎で何人も不当に処刑した」として摂政を訴える(第三幕第一場五七～五九行)。金銭ずくのヨーク公は、摂政を汚職で訴え、バッキンガム公は、そんなものはこれから明るみに出る嫌疑に比べれば「つまらない罪」だと冷笑する。不倫の王妃、抜け目なくサディスティックなマーガレットは、ハンフリー公を「負け犬」と呼ぶ(第三幕第一場一八二行)。王は、それらの告訴を信じない——「わが良心に照らして、あなたは無実だ」(第三幕第一場一四一行)。そう言ったところで、次々と巡らされる罠を止める力はない。摂政が嫌疑に応えるべく護衛に連れ去られると、ヘンリー王は絶望し、「悲しく虚しい涙と、はっきりと物が見える目をもって」国会をあとにする(第三幕第一場二一八行)。

ハンフリー公の敵たちは密かに憎みあっているが、少なくとも一点では意見が一致する。すなわち、この唯一高潔な人物——「名誉と真実と忠誠の鑑《かがみ》」(第三幕第一場二〇三行)——をどかしたいのだ。ハンフリー公に対する自分たちの訴えが虚偽であることは承知しており、ちゃんとした証拠などないのだから、王の強力な救いの手がのばされたら処刑できなくなると恐れて、ハンフリー公を早々に殺してしまうことにする。皮肉で非情な連中とはいえ、その邪悪な内々の集まりにおいても、摂政を消そうとするのは自分の個人的利益のためだとはっきり認めるわけにはいかない。そこで、国家のため、人を疑うことを知らぬ幼き王の安寧のためというふりをする。ヘンリーは「愚かな情に溢れすぎ」ているのだと、抜け目ない妃は嘆いてみせる(第三幕第一場二二五行)。ハンフリー公の抜け目なさがわかっていないのよ、と。やつに摂政を続けさせるのは、餓えた鷲に雛を守るように頼むようなものだと、強欲なヨーク公は言い足す。羊を守ってくれと狐に頼むようなものだと、ずる賢いサフォークも言う。この狐がまだ何も害をなしていないからと言って、狐が「狡猾な殺し屋」である事実は変わらない。だから、「保護されている者が真っ赤な血に染められる前に」狡猾に始末してしまおうと言うのだ(第三幕第一場二五四～五九行)。

この人たちは、極めて高度な政治ゲームをしている。誰一人、王を守るため、あるいは国を救うためにハンフリー公を殺すべきだなどと微塵《みじん》も信じていない。彼らが発する一語一語が嘘であり、どの策士も自らの顕著な悪徳を、蹴落としたい公爵に押しつけているにすぎない。公の場でもないのに、どうして本心を言わないのか？

いくつかの答えが考えられる。第一に、皆策士であるため、どうしても嘘をついてしまうのだ。シェイクスピアにとって、「策士」(politician)という語は、「偽善」(hypocrite)と同義なのだ(「ガラスの目玉を入れとけ」と、リアは怒る。「そして、下劣な政治家(politician)のように、／見えもしないものが見えるふりをしろ」[『クォート版『リア王』第四幕第六場一六四～六六行』)。第二に、互いに信用していないので、今話している部屋の外で何を言われるかわからないと心配している。第三に、自分のついた嘘だけが皆を騙すものであってほしいという密かな望みを抱いている。第四に、自分に徳がないとわかっていながら有徳であるふりをすることで、優越感を覚えている。第五に、誰かこの陰謀に対して少しでも気が咎めているところがないか、陰謀が破綻してしまうような懸念を抱いているやつはいないか、互いに用心して見張りあっている。誰かが抜けるなどと言い出したら大ごとなのだ。

誰も懸念を抱いていないとわかると、世間ずれをしたボーフォート枢機卿が必要な手筈を整えようと申し出る。枢機卿は最後の念押しとして、皆の同意を求めてこう言う。「皆さんが、この行為をよしとお認めになるのであれば、私が処刑人を用意しましょう。」それから、こすからい枢機卿らしく、いかにも王に忠実であるかのようなふりをしてみせる。「それほどまでに、王の安全が大切ですから」(『ヘンリー六世第二部』第三幕第一場二七五〜七七行)。全員が同意をし、枢機卿は約束を果たす。ハンフリー公は、高位聖職者が雇った殺し屋たちによって、ベッドの中で絞殺される。

あれほど用心していたにもかかわらず、その犯罪はばれてしまう。自然死で亡くなったように見せかけるように殺人は慎重になされたのだが、遺体の状態から自然死には見えなかった。「見たまえ」と、ウォリック伯が遺体を指さす。

顔が鬱血して真っ黒だ。
目玉は、生きていたときよりも飛び出しており、絞殺されたときのように恐怖で見開いている。
髪の毛は逆立ち、鼻孔は抵抗して開き、
両手がこう伸びているのは、命を求めて
あえぎながら、力で押さえつけられたようだ［……］。
ここで殺害されたことは明らかだ。
（第三幕第二場一六八〜七七行）

王はショックを受け、高潔なハンフリー公を常に愛していた平民も怒って、最も疑わしきサフォークとボーフォート枢機卿の処罰を求める。妃の訴えにもかかわらず、王はサフォークを追放する――サフォークは海で海賊に殺されることになる――そして、枢機卿は病気になって、自分が死に追いやった男のことであらぬことを喚《わめ》きながら、死んでしまう。

しかし、政治体制は損なわれ、国は傾きかける。摂政殺害を画策してもっぱら発言していたのはサフォークと枢機卿だが、静かな黒幕は極めて野心的なヨーク公だ。「わが頭脳は、網を張る蜘蛛よりも忙しく、／わが敵を陥れるためにせっせと罠を張り巡らす」（第三幕第一場三三九〜四〇行）と言うヨーク公は、エドワード三世王の子孫として王位継承のトップにあって、その王族の血統を誇りにしている。地位にこだわって自分の家系図を何度も何度も確認したまさにこの男のせいで、赤薔薇と白薔薇の政治的な確執に新しい要素が加えられることになるのである。

『ヘンリー六世』三部作のなかばに至るまで、社会の底辺にいる人々はほとんど顧みられることがない。政治はほぼ完全にエリートの問題であり、エリートが互いに権謀術数を巡らすあいだ、無名の大衆たち——使者、召し使い、兵士、護衛、職人、農民——は、陰の存在でしかない。それが突然、思いがけず配役が変更されることになる。ヨーク公は、蔑《ないがし》ろにされてきた悲惨で無知な下層階級と手を結ぶ機会をとらえるのである。そして、これまで存在していなかったかのような寡黙な貧民たちが怒りに満ちていることを観客は知る。党派争いは、階級闘争を皮肉に利用する。その目標は、混沌を生み出すことだ。混沌こそが、暴君が権力を掌握する舞台を用意してくれるのだから。

第3章　いんちきポピュリズム

シェイクスピアは、権力を握ろうとする暴君の政略を描く際に、エリザベス朝の貴族階級が大衆を強烈に軽蔑していたこと、そして、民主主義政治が十分考え得る政治体制であったがゆえに、貴族は民主主義を毛嫌いしていたことを注意深く記している。ポピュリズムは、持たざる者の味方をするように見えるが、実は巧みに民意を利用するものでしかない。無節操なポピュリズムの指導者は、貧民の暮らしをよくしようなどと思ってやしない。生まれたときから巨大な富に囲まれて育った人間は、贅沢な暮らしに慣れ、下層階級の人たちのことなどこれっぽっちも思ってやしないのだ。実のところ、庶民を軽蔑し、その息の臭さを嫌い、病気持ちではないかと恐れ、気まぐれで愚かで価値のない、どうでもいい連中だとみなしている。しかし、人々を利用すれば自らの野望を達成できると、暴君にはわかっているのだ。

『ヘンリー六世』において、王国の最下層に何があるかを理解しているのは、善意の王でもなければ、主たる為政者であるハンフリー公でもない。最も貧しい連中の中に渦巻いている嫌悪を利用できると認識したのは、ヨーク公の天才だ。これほど卑しい発想を天才と呼ぶのが正しいかどうかわからないが。「イングランドに黒い嵐を惹き起こそう」と、ヨーク公はじっと考える。「わが頭に載る金の輪」と彼が呼ぶ王冠が彼のものとなって太陽のように輝き、怒りを鎮めるまで、嵐は荒れまくる。そして、ヨーク公は、自分の代理となるべき完璧なる人物を見つけたと言う——ヨーク公は「猪突猛進のケント州の男、／ジャック・ケイドを説き伏せた」(『ヘンリー六世第二部』第三幕第一場三四九〜五七行)のだ。

ジョン(ジャック)・ケイドは実在の人物である。詳細はあまり知られていないが、一四五〇年にイングランド政府に叛旗を翻し、大衆を先導して流血の蜂起をした下層階級の人間であり、あっと言う間に力でねじ伏せられた。この人物を造形するにあたって、シェイクスピアは年代記のいくつかから資料(ケイドはヨーク公から密かに資金援助を受けていたとするものを含む)をまとめあげ、別の農民蜂起の話と結びつけ、シェイクスピアなりの生き生きとした想像力で作った詳細を足し上げた。

巨大な人物であるヨーク公リチャード・プランタジネットは、自らの計画のために利用したこの身分卑しい男が最終的にどうなろうとまったく気にしておらず、蜂起を起こす貧しい大衆のことなど、さらにどうでもよいと思っている。しかし、ヨーク公はケイドをしっかりと見極め、役に立つ男だと判断したのだ。たとえば、痛みに強いので、ヨーク公と結んだ秘密の契約を誰にももらさないでいられると踏んだ。

やつが捕まり、拷問を受けたとしても、
どんな痛みをやつに味わわせたところで、
俺が武装蜂起させたと漏らすことはあるまい。

（第三幕第一場三七六〜七八行）

秘密は守ってもらわなければならない。強力な貴族が、たちの悪い民衆蜂起を起こさせたなどと暴露されてはかなわないのだ。

蜂起は、ヨーク公が願った以上の大きな嵐となってくれた。ケイドの旗頭のもと、暴徒はロンドンとブラックヒース郊外に集結する。ケイド自身もまた敏腕の扇動政治家《デマゴーグ》であり、ブードゥー経済学の大家だったのだ。

イングランドじゃ、半ペニーのパンは七斤一ペニーで売らせることにしよう。三合ジョッキには十合入れてやる。薄いビールを呑んだやつは重刑に処す。国のあらゆるものは共有する。［………］金はなくす。皆、俺のつけで飲み食いさせよう。

（第四幕第二場六一〜六八行）

群衆がそうだそうだと歓声をあげると、ケイドはまさに現代の街頭演説同様の受け答えをする。「ありがとう、善良な皆さん」(第四幕第二場一六七行)。

この暴動がありえない未来を約束していても、誰も問題にしない。問題にしないどころか、ケイドは自分の出生について嘘八百を並べ立て、これから自分が行う偉大な事業を豪語し、群衆はそれを熱心に受け入れる。ケイドを知る者は、もちろんケイドが生まれついての嘘つきだとわかっている。

ケイド　わが母親はプランタジネットであった。
肉屋［傍白］　よく知ってる。お産婆だったよ。
ケイド　わが妻はレイシー家の出だ――
肉屋［傍白］　行商人の娘で、レースを売ってたっけ。
(第四幕第二場三九〜四三行)

このように無謀にも貴族との血縁を主張することで、ケイドは単なる道化に見えてくる。裕福な生まれのよい大立者であるどころか、浮浪者でしかないのだ。「市場が立つ三日間ぶっ続けであいつが鞭を打たれていたのを見たことがある」とケイドの支持者の一人が囁く（第四幕第二場五三〜五四行）。しかし、不思議なことに、そうとわかっても、暴徒らは相変わらずケイドを支持するのである。

ケイド自身、適当にでっちあげながら言っていることが実現すると思っているのかもしれない。真実などくそくらえとばかりに、恥知らずにも異様な自信に満ちあふれ、この大言壮語のデマゴーグは幻想の世界に入っていく――「俺が王となったら。なにしろ俺は王となるんだからな」――そして、聴衆を自分と一緒に魔法の世界へ招き入れてしまう。そこでは二足す二は四である必要はなく、数秒前に矛盾したことを言ったことを覚えている必要はない。

普通なら、公的人物が嘘をついたと暴露されたり、真実がわかっていないと赤恥をさらしたりすれば、政治家としておしまいだ。ところが、その常識が通用しない。ケイドのとんでもない暴言、過ち、あからさまな虚言を冷静な人がすべて指摘したとしても、怒った群衆が黙らせるのは指摘した人のほうであって、ケイドを黙らせたりしない。ケイドの台詞の最後で群衆の誰かがこう叫ぶのは有名だ――「まずは、弁護士どもを皆殺しだ」（第四幕第二場七一行）。

この四百年間、ここで笑いが起きている。シェイクスピアはこの台詞で笑いが起きることがわかっていたのだろう。この台詞は、法律全般をめぐって渦巻く激しい思いの丈を表明する。

しかも、腐敗した弁護士にだけ向けられたものではなく、契約や借金返済や義務履行を求める広大な社会組織に向けられているのだ。そうした責任ある能力が指導者にあることを群衆は期待するものだと呑気に想像していると、この場面で足をすくわれる。群衆は、契約を無視し、約束を破り、規則を破りたがっているのだ。

ケイドは、「改革」について曖昧な話をはじめるが、実際は徹底破壊をしようというのである。暴徒らにロンドンじゅうの法学院をぶち壊せとけしかけるが、それはほんの手はじめだ。「閣下にお願いがございます」と、暴徒の親分格が言う。「イングランドの法律は閣下の口から出るものとしてください」(第四幕第七場三〜六行)。「それは考えていた」と、ケイドは応える。「そうすることにしよう。行け！　この国のあらゆる記録を燃やせ。わが口がイングランド議会となるのだ」(第四幕第七場一一〜一三行)。

この破壊において、一般市民は彼らが持っていたわずかな力――議会選挙で投票によって表明する力――さえ失うことになるが、それはもうどうでもよいのだ。ケイドの熱烈な支持者にとって、歴史ある代表選出制度など意味がない。そんなもので自分たちが代表されたことなどないのだから。だったら、あらゆる同意を破棄し、借金もちゃらにし、現存の制度などぶっつぶしたほうがいいと彼らは願いはじめている。独裁者の言葉が法律になったほうがましだ。プランタジネット家の者と主張しているが、ケイドは自分たちの仲間なのだから。大衆は、ケイドが嘘つきであることは重々承知している。だが、金銭ずくで、残酷で、私利私欲の男であっても、皆の夢をはっきり口にしてくれるのだ。「今後は一切、皆で共有するんだ」（第四幕第七場一六行）。

大言壮語のおかげで、ケイド自身の過去は闇に葬り去られ、あれやこれやの具体的な約束を真剣に守るかどうかもどうでもよくなる。ケイドに約束を守らせようとするどころか、彼があらゆる契約の悪口を言うと群衆は喜ぶ。「罪もない羊の皮を羊皮紙なんかにしやがって、その羊皮紙にごちゃごちゃ書きつけて人間を破滅させるなんてのは、嘆かわしいことじゃねえか？」（第四幕第二場七二〜七五行）。羊皮紙に「ごちゃごちゃ書きつける」という言い草は滑稽である——法的文書とはそういうものではないか？——と同時に不気味だ。ケイドが焚きつけている貧民は、自分たちが除外され、蔑まれていると感じ、どことなく恥じているのだ。自分たちは経済の落ちこぼれであり、落ちこぼれないためには、かつては少数にだけ伝えられた「読み書き」という技術を身につけなければならない。庶民は自分たちにはそんな新しい技術は身につけられないと思うし、指導者も教育を受けさせようなどと提案したりしない。教育など受けさせたら、まずいのだ。教育のある連中への嫌悪感を利用しようとしているのだから。

暴徒はすばやく書記を捕まえ、「こいつは読み書きができるぞ。子供たちの習字の準備をしてるところを捕まえたんだ」(第四幕第二場八一行)と攻撃をしかける。ケイドは尋問係だ——「おまえは自分の名前が書けるのか。それとも、まっとうな正直者らしく、印をつけてサインの代わりにしているか?」(第四幕第二場九二〜九三行)。もし書記が助かるためにどう答えればよいかわかっていたら、読み書きなどできず、印でしか名前を書けないと言っただろう。だが、書記は得々と自分の教養をひけらかしてしまう。「神の御恵みのおかげで、育ちがよいので、名前は書けます。」「白状したぞ!」と暴徒は叫ぶ。「連れていけ! こいつは悪党の謀叛人だ。」「連れてけ、おい!」と、ケイドは群衆の要求を繰り返す。「ペンとインク壺をこいつの首にぶらさげて、首を吊れ」(第四幕第二場九四〜九九行)。

ジャック・ケイドは、本人が言うように、「フランスの王冠」を誰がもらえるか少年たちがコインを投げ上げて決めるような時代を求めている。国が「傷つき、杖がなけりゃ歩けねえ」(第四幕第二場一四五〜五〇行)ようになる前の、昔に戻ろうというのだ。腰抜けどもがイングランドを迷わせる前は、イングランドはその力で敵を震え上がらせたのであり、あのすばらしい屈強なイングランドを今こそ取り返さなければならないと、ケイドはほのめかす。ケイドは、イングランドをふたたび偉大《グレイト》にしよう(make England great again)と言うのだ。どうやって?

彼は直ちに群衆に教える――教育を攻撃するんだ。教育のあるエリートが人民を裏切ってきたのだ。この裏切り者どもは全員裁いてやらなきゃならん。そして、その裁きは裁判官や弁護士ではなく、ケイドと暴徒が互いに呼びかけながら行うのだ。イングランドの大蔵大臣セイ卿は「フランス語が話せる」――「だから、謀叛人だ」(第四幕第二場一五三行)。その理屈は「フランス人は敵である……敵の言葉が話せるやつがいい相談役になれるか?」群衆は大声で答える――「なれるもんか――だから、やつの首を斬ろう!」(第四幕第二場一五五～五八行)。

暴徒は、ロンドンの守りをぶち破って市内に乱入し、セイ卿を捕まえる。ケイドは、得意の絶頂だ。国の最も重要な財政官を手中にしたのだ。ケイドがきれいに片づけてやると言っていた泥沼の象徴だ(実際に使った比喩は、もっと俗っぽい――「いいか、俺は、おまえのような汚物を宮廷からきれいに掃き出してやる箒《ほうき》なんだ」[第四幕第七場二七～二八行])。群衆がその一言一言に興奮して反応する中、ケイドはセイ卿の罪を数えあげる。ノルマンディーをフランスにやってしまったよりもひどいことをしたと言うのである。

おまえは謀叛人よろしく、グラマースクールなんてものを作りやがって、若者をだめにしやがった。俺たちの先祖は本なんて持たず、数を数えるにも刻み目つきの棒しかなかったのに、おまえは印刷なんか使いやがって、王や王冠やその威厳に逆らい、紙を作る工房なんか建てやがった。
（第四幕第七場二八〜三三行）

教育ある市民（本を読む人たち）を育てようとしたのがセイ卿のとんでもない罪だと言う。そしてケイドは、その証拠を挙げる。「てめえが、名詞だ動詞だといった、キリスト教徒には聞いちゃいられねえようなひでえ言葉を口にする輩《やから》を部下にしてたってことは、てめえに面と向かって証明してやらあ」（第四幕第七場三三〜三六行）。

もちろん、馬鹿げた話だ。この場面は当然、お笑いの場面である。だが、シェイクスピアは極めて重要なところを押さえている。デマゴーグのレトリックのめちゃくちゃさ加減は火を見るより明らかなのだが、それで起こった笑いは一瞬たりともこの場面の脅威を減じはしない。伝統的なエリート政治家や教育のある人たち全員がケイドを馬鹿だと思ったところで、ケイドの一派はスッと消えてくれたりはしないのだ。

ケイド自身が自分の力の根本がわかっていることは、名詞や動詞についての与太を飛ばした直後の、セイ卿を責める台詞が示唆している。

てめえは、治安判事どもを任命しやがって貧乏人を呼び出し、答えられないようなことを質問しやがる。そのうえ、文字が読めねえからって牢屋にぶち込み、首をくくりやがる。ほんとのとこは、読めねえってだけでも、生きる価値はあるっていうのによ。

（第四幕第七場三六〜四一行）

ある意味では、この放言は、ケイドが飛ばし続けている与太の延長なのかもしれない。犯罪者が、読み書きができないというそれだけの理由で赦されるとしたら馬鹿馬鹿しい。ところが、この冗談は笑えないのだ。この劇では、金持ちと生まれのいい者は悪いことをしても罰せられないことを、すでに十分示してきた。そのうえ、シェイクスピアの観客は、自分たちの時代の裁判所では「聖職者特権」なるものを許していることを知っていた。殺人や窃盗で処罰を受けるべき者が、読み書きできることを示すと、死刑のない下級裁判所に差し戻されるのだ。ケイドが、読めない人は首をくくられると文句を言うのは、まったく正しいことなのであり、教育のあるエリートにだけ圧倒的に有利な法制度全体をここで批判しているのである。

下層階級の底知れぬ憎悪があるのも当然だろう。ケイドはそれを利用しようとしている。そしてまた、ケイド一派へ向けられる嘲りや軽蔑がただただこの憎悪の火を煽ることになってしまうのも首肯し得る。「謀叛人どもめ、絞首刑台に上がる運命の／ケント州のゴミどもめ」と、王の役人サー・ハンフリー・スタフォードは暴徒に向かって罵る。「武器を置け！／家へ帰れ」(第四幕第二場一一一〜一一三行)。「ゴミども」という呼びかけは、暴徒のリーダーが皆に対して示した儀式ばった敬意と対照的だ。「私が話しかけているのは、善良な人々よ、あなたたちだ」と、ケイドは呼びかける。「あなたたちをこそ、やがて、私は統治するのだ。／と言うのも、私は正統な王位継承者であるからだ」(第四幕第二場一一八〜一二〇行)。もう一度ケイドはグロテスクな嘘をつき、もう一度それは嘘だと公的に反論される。「悪党め、おまえの父親は漆喰を塗る左官だった」と、スタフォードが怒ると、ケイドはこう答える。「そして、アダムは庭師だった」(第四幕第二場一二一、一二三行)。

この返答は単なる的外れの発言ではない。ケイドの言葉は、十四世紀後半の農民一揆のスローガンと結びつくのだ。「アダムが耕し、イヴが紡いだとき、誰が紳士だった？」農民の指導者であった改革派聖職者のジョン・ボールは、この危険なささやかな詩の意味を説明してみせた。「原始より、人はもともと平等に作られていたのだ。」騒ぎが終わるまでに、叛徒らは裁判記録を焼き、牢屋の鍵を開け、王室の役人らを殺害したのだった。

シェイクスピアは、ケイドの蜂起に、下層階級の叛乱に対して有産階級が抱く恐怖や嫌悪を描き込んでいる。農民の蜂起は、カンボジアのポル・ポト政権の殺人的構想のように、位の高い貴族を抹殺するだけにとどまらず、国じゅうの教育を受けた人々全員の大虐殺を目標とすることで一層煽られる。「あらゆる学者、法律家、宮廷人、紳士を、連中は嘘つきの害虫と呼び、その死をもたらそうというのです」と、現場を見た者は驚いて報告する(第四幕第四場三五〜三六行)。平民は利用され、奴隷のようにこき使われている。今こそ自由をつかむチャンスだ。「一人の貴族も、一人の紳士も見逃さないぞ」と、ケイドはぞっとする約束をして、「野良仕事用の靴を履いてるやつ以外は皆殺しだ」(第四幕第二場一六九〜七〇行)と仲間に唆す。田舎の貧民は、都会の叛乱に加わらなかったが、農民は「俺たちの仲間になりてぇのに、／その度胸がねえだけだ」(第四幕第二場一七二行)と、ケイドは言う。彼らは、読み書きのできる連中を敵に回した無知な連中の戦いにおいて同胞であり、もし勇気があれば、口のうまいセイ卿のようなやつらに対してケイドが命じた陰惨な最期に拍手を送ってくれるはずなのだ。「行け、連れて行って、即刻こいつの首を刎ねろ。そして、こいつの義理の息子サー・ジェイムズ・クロムマーの家に押し入って、その首も刎ねろ。どっちの首も、棒の先に突き刺して持ってこい」(第四幕第七場九九〜一〇一行)。

この命令が実行され、両方の首がそのとおりに持ってこられると、ケイドはサディスティッ

クな政治劇を上演させる。「互いにキスをさせろ」と命じるのだ。「生きてるときは愛しあって
たんだからな」それから、デマゴーグならではの残酷な皮肉をもって、こう言い足す。「さあ、
引き離せ。フランスの町をもっと手放す相談でもされちゃ、かなわねえからな」(第四幕第七場
一一九〜二三行)。

ケイドは暴君になろうとし、しかも金持ちの暴君になろうとする。「王国のどんな偉い貴族
も、俺様に貢物をしなけりゃ、肩の上に首を載せておかせねえ」(第四幕第七場一〇九〜一〇行)。
しかも、よりどりみどりで好きな女と寝る権利が自分にあると思っている。そして、とりあえ
ず、仲間たちをめちゃくちゃな破壊活動へと駆り立てる。「フィッシュ街を行け！　聖マグナ
ス・コーナーへ行け！　殺してやっつけろ！　テムズ河へ投げ込め！」(第四幕第八場一〜二行)。
しかし、組織力もなければ、頼れる党もなく、彼が単に邪悪なヨーク公の道具でしかないこと
を私たちは知っているのだ(ケイドの仲間たちは知らないが)。

時が熟すと、政府当局は、ケイド自身の台本に従い、愛国排他主義に訴え、略奪の夢を掻き
立てながら、暴徒たちを叛乱とは違うほうへとおびき寄せる──「フランスへ。フランスへ行
って、なくしたものを取り返せ！」ケイドは一人になって、辛酸をなめ、これまでの仲間を呪
いながら、命からがら逃げ出す。

おまえら、昔の自由を取り返すまで、その武器を放り出したりしねえと思ってたのによ。だけど、おまえら皆、卑怯な腰抜け野郎で、貴族にへいこらして生きていくのでかまわねえんだな。おまらの背中が重しで折れるといいや。貴族連中におまえらの家を取り上げられ、女房や娘を目の前で犯されるがいいや。（第四幕第八場二三〜二九行）

次にケイドが登場するときには、ケイドは餓えていて、「草でも食えないか、生野菜でもないか」と、ある庭に忍び込む（第四幕第一〇場六〜七行）。庭の所有者は、この弱り切った叛乱者を剣でさっさとやっつけて、その遺体を「おまえの墓場となる糞の山」へと引きずっていく（第四幕第一〇場七六行）。

ヘンリー王は安堵の溜め息をつくが、ケイド討伐の知らせとほぼ同時に、ヨーク公がアイルランド軍を率いて王の陣営へ向かって進軍中であるとの知らせが飛び込んでくる。ヨーク公は賢いので、行動に踏み切る力を蓄えるまではその意図を隠していたのだが、その独白で狙いは王冠だとはっきりと言う。そのあとに起こることは、かなり複雑だ。フランスでの戦いが、国内の陰謀や裏切りや暴力沙汰と絡んでくる。結果は、赤薔薇のランカスター家と白薔薇のヨーク家との全面戦争だ。

この戦争が怖いのは、秩序、礼儀正しさ、人間としての品位といった基本的価値観が崩壊して、暴君の台頭への道を作ってしまうことである。崩壊の種は、ヨーク公とサマセット公の言い争いの中にすでにあった。法的に曖昧な議論をしていたのに、それがいつの間にか罵りあいになる。怒りは、政党政治の興隆によって激化し、さらにヨーク公の画策によって、ハンフリー公暗殺とジャック・ケイドの暴動が起こる。しかし、内乱となると、ヨーク公のごまかしも隠しきれない。主たる政治的人物はもはやその究極の野心を隠しもしないし、そのサディスティックな衝動を誰かに代わりに実行させることもなくなる。ここから権謀術数が複雑に入り組むせいで、『ヘンリー六世』第三部は上演のしにくさで悪名高いものとなるが、いくつかの事柄ははっきりしている。

まず、国が混沌となり、権力闘争の行く末がまったく見えなくなる。影武者を使って動き、ケイドのような代理によって願望をかなえようというとき、ヨーク公はほとんど無敵に見えた。しかし、一旦、自身が動き出すと――一度などは実際に王座にのぼりもしたのだが、すぐに引きずり下ろされる――ヨーク公とその家族は敵対する一派の直接の攻撃目標となるのだ。敵はヨーク公の十二歳の息子を捕まえて殺害する。その直後、ヨーク公自身も捕えて、その息子の血に浸したハンカチで涙を拭けと嘲り、ヨーク公に紙の王冠をかぶせて馬鹿にしてから、刺し殺すのだ。それこそが、ヨーク公自身が繰り広げようとしていた残虐行為であり、暴君たらんとした者はこうして死んでいくのである。

第二に、絶対支配の夢は、一人だけの目標ではない。時代を政治的にとらえれば、それは王家としての野心であって、家族の問題だ。父から長男へと(あるいは息子がなければ、長女へと)権力が引き継がれる時代において、暴君が、自ら乗っ取ろうとしている君主制の真似をして自分の後継者のために権力を確保しようとするのはある意味で当然だ。継承が投票によって決められる民主制度においても、二世議員、三世議員はごろごろいる。むしろ現代政治ではその傾向が強まっているようにさえ思える。そもそも、常に不安定な暴君が、自分の家族以外の誰を信じられようか?

しかし、家族の利益は、シェイクスピアが描く政治闘争の一つの要素でしかない。政治闘争は、ここでは白薔薇と赤薔薇を摘むことで象徴される政党政治のせいで起きているのだ。ヨーク公の死はその政党にとっては痛い打撃だが、それで正統な君主を倒そうとする闘争にけりがつくわけではない。ヨーク公一派は、ヨーク公の息子エドワードを新たな候補として、エドワードこそが王なのだという主張をあの手この手で喧伝していく。

第三に、どうあっても権力を握ろうとする政党は、昔からの国敵と密かに接触する。イングランドはフランス内の領土を奪回しようと、過熱した愛国的議論に煽られて血や富を失ってきたがゆえに、なおさらフランスへの敵意を育んできたはずだが、それが突然消えるのだ。ケイドは、フランス語を話すのさえ謀叛だと言いがかりをつけていたが、ヨーク公一派は、フランスと秘密の取引をはじめる。その取引とは、名目上は、王家同士の縁組によって両国の敵対関係を終わらせようとするものだが、マーガレット王妃が皮肉にも述べたように、敵意とは「欺瞞から生まれ、必要によって育てられる」ものである(『ヘンリー六世第三部』第三幕第三場六八行)。ヨーク公一派は、エドワード・プランタジネットを王座に就けるために、その力を強めようとしているだけなのだ。エドワードではまだヘンリーを倒すだけの力が足りないため、一派は、たとえ自国を裏切ることになろうとも、何としてもその力を得ようとしているわけである。あまりにも多くの領土を憎むべき敵フランスに奪われたとこれまでずっと嘆いてきたことも、土地を失ったことでやいのやいのとヘンリーを責め立てたことも、もはやどうでもいいのだ。突如、ヨーク公一派は、敵国フランスに対して「慈悲と心からの愛情」(第三幕第三場五一行)を示す。トールボットのような熱烈な愛国主義者は、国家への忠義が個人的利益に勝るに決まっているとナイーブに信じ込んでいるが、マーガレット妃のような皮肉な情報通のほうがよくわかっていて、こう述べる。「強力な同盟を金で買わないで、どうして暴君が国を安全に治められるものか」(第三幕第三場六九〜七〇行)。

第四に、正統かつ穏健な指導者は、人民の感謝や支持を当てにできない。王国が陥った混沌たる乱戦状態では、敵と同盟を結んで明らかに原則を破ったところで、大した怒りは生まない。時が時だったら、謀叛人めと非難を浴びせるようなことも、そんなもんだろうと受け容れられてしまう。裏切りをしても、もはや処罰されないのであれば、美徳が褒められることもなくなるわけだ。ひょっとすると、褒められると期待していたこと自体、妄想だったのかもしれない。まっとうな指導者なら、人々の感謝など当てにすべきではないのだから。そのことはすでにケイドの叛乱でわかっていたことだが、内乱が紛糾すると、一層致命的にふたたび思い知らされることになる。ヘンリーはその没落の直前、これまでずっと、それなりに正しく、思いやりがあって穏健な王であったのだから、臣民は自分を支持してくれるだろうという自信を表明していた。それは確かにそのとおりだが、決定的な誤りは、そんなことで大衆の支持が確実になると思ったことだ。「人々の求めに耳をふさいだことはない」と、ヘンリーは自分に言い聞かせる。

また、人々の訴えをのらりくらりとはぐらかしたこともない。
わが憐憫は人々の傷を治す軟膏であり、
わが柔和さは、その大きな悲しみを癒し、
わが慈悲は、人々の溢れ出る涙を乾かした。
私は、人々の富を欲しがったこともなければ、
巨額の補助金を出させて人々を苦しめたこともない。
人々が大きな失敗をしても、復讐したこともない。
ならば、人々が私よりもエドワードを愛することがあろうか。
(第四幕第九場七〜一五行)

しかし、ヨーク公一派がいよいよ権力掌握に成功するか否かを決する戦いとなって、真実の時がやってくると、人々は有徳なヘンリーを支持しようと殺到したりはしない。まず、ヘンリーの長男がヨーク公の息子たちによって捕らえられて刺殺され、続いて息子たちの中でも最も無慈悲なグロスター公リチャードの手によって、ヘンリー自身が殺されるのだ。

第五に、国内の騒乱のあとの秩序回復など、幻想かもしれない。「堂々たる勝利の祝典や／陽気な喜劇芝居で過ごそう」(第五幕第七場四二〜四三行)とするエドワードは、父親のヨーク公

より穏健な人物であり、絶対権力の幻想にそれほどとりつかれていない。国を平常で正統な統治の状態へ戻そうとして、まだ覚めやらぬ悪夢を誰もが忘れることを望むのだ。この記憶喪失の精神において、エドワードは自分たちの一派が惹き起こした流血を「いやな面倒ごと」ととらえ、あらゆる脅威は消えたと陽気に宣言する――「こうして、わが王座から疑いは拭い去られ、／安心の礎ができたのだ」(第五幕第七場一三～一四行)。

新国王のこの言葉を聞くと、王国の何もかもがうまいこと落ち着いたように思える――「これからは、永遠の喜びがはじまるだろう」(第五幕第七場四六行)。けれども、シェイクスピアの薔薇戦争三部作の終盤で、この喜びは決して長続きしないことを観客は知る。エドワードの一派が勝利してエドワードが王権を勝ち得たのは、クラレンス公ジョージとグロスター公リチャードという愛党心の強い兄弟のおかげだ。確かにジョージは、内乱のある時期に気持ちが揺れて、ランカスター側に寝返った短い時期もあったが、ヨーク公側に戻ってきてくれた。リチャードは決してぐらつくことはなく、ヘンリー六世も彼が殺したのだった。だが、足元で血を流している王を前にして、リチャードは、自分が信頼するのは自分だけだと静かに表明していた。「俺に兄弟はない」と断言するのだ。「俺には俺一人だけだ」(第五幕第六場八〇、八三行)。新しい暴君が控えているのである。

第4章　性格の問題

シェイクスピアの『リチャード三世』は、『ヘンリー六世』三部作が描いてきた野心満々の暴君の特色を見事に発展させる。際限のない自意識、法を破り、人に痛みを与えることに喜びを感じ、強烈な支配欲を持つ人物。病的にナルシシストであり、この上なく傲慢だ。何だってやれると思い込み、自分には資格があるとグロテスクに信じている。怒鳴って命令するのが好きで、命令を実行しようと手下どもが走り回るのを見るのに無上の喜びを感じる。絶対的忠誠を期待するが、自分は人に感謝することなどできない。他人の感情などどうでもいい。生まれついて品などないし、情もなければ礼儀も知らない。

暴君は、法に無関心なだけではなく、法を憎んでおり、法を破ることに喜びを感じる。法が憎いのは邪魔だからだ。法があるのは皆のためだが、皆のためなんて糞くらえなのだ。この世には勝ち組か負け組しかおらず、勝ち組の連中は、役に立つ限りにおいて尊重してやるが、負け組などには軽蔑しか感じない。皆のためなんて、負け組が口にすることでしかない。自分が話したいのは、勝つことだけなのだ。

この男は、常に富に恵まれてきた。富の中に生まれ、大いに金に物を言わせる。だが、金で手に入るものは何でも享受するものの、それが最も興奮することではない。興奮するのは、支配の喜びだ。いわば、ガキ大将、いじめっ子なのだ。すぐにカッとなり、邪魔なやつは殴り倒す。ほかの人が縮こまって、震え、痛みに顔を歪めるのを見て喜ぶ。人の弱みを握るのに長《た》けており、嘲笑と侮辱が巧みである。そうすると、同じように残酷な喜びに惹かれる追従《ついしょう》者たちが寄ってくる。とは言え、暴君の足元にも及ばない連中だ。暴君が危険だとわかっていても、追従者たちは彼がゴールへと進むのを助け、最高の権力を握らせるのである。

　権力の掌握には女性支配も含まれるが、リチャードは女性を欲望するどころか軽蔑する。性的な征服には興奮するが、好きなものは何でも手に入れられることを再確認するだけだ。手に入れた女が自分を嫌っていることはわかっている。その点で言えば、セックスでも政治でも、やりたくて仕方なかった支配が思いどおりになると、皆から嫌われているとわかってくる。最初は、そうとわかると発奮して、ライバルや共謀者たちに警戒しようと燃え上がるのだが、そのうちにじわじわとまいってきて、疲弊してしまう。

　遅かれ早かれ、倒れるのだ。誰に愛されることも嘆かれることもなく、死ぬのだ。あとに残るのは瓦礫の山だけだ。リチャード三世など、生まれなければよかったのだ。

シェイクスピアが利用したリチャード三世の人物像は、トマス・モアによって書かれた、テューダー王朝にかなり都合のよい偏向的な書物に拠っており、この本はテューダー王朝の年代記作家たちが大いに利用していた。しかし、その精神病理学はどこからくるのだろうとシェイクスピアは考えた。どのように形成されたのか？　シェイクスピアがイメージした暴君は、己の醜さを意識して内的に苦しむ男だ。生まれた瞬間から人々が恐怖や嫌悪におののいたほどの奇形のせいだ――「産婆は驚き、女たちは叫んだ、「ああ、神よ、助けたまえ。／この子は生まれながらに歯が生えているわ！」」（『ヘンリー六世第三部』第五幕第六場七四～七五行）。「そのとおり」と、彼は考える。「この俺が犬のように唸り、／嚙みつくことができるようにな」と。

新生児のリチャードに歯が生えていたことは、彼が自分の説明をする際に象徴的な意味合いを籠めて用いられ、この話にはいろいろ尾鰭《おひれ》がついていく。「叔父さんはすぐ大きくなって、生まれて二時間でパンの皮を嚙めたって言うよ」と、幼い甥ヨーク公が口を滑らす（『リチャード三世』第二幕第四場二七～二八行）。「誰がそんなことを言ったの？」と、その祖母でありリチャードの母親であるヨーク公爵夫人が尋ねる。「叔父さんの乳母だよ」と少年は答えるが、公爵夫人は否定する。「乳母だって？　乳母は、お前が生まれる前に死んでるよ」(第二幕第四場三三行)。「乳母じゃなかったら、誰に教えてもらったかわかんないや」(第二幕第四場三四行)と、少年は言う。リチャードの幼児期の話は、伝説となっているのだ。

リチャードは、自分が生まれたときに立ち会った女たちや産婆の反応を話しているが、その不吉な出生の話はもっぱら母親から出たようだ。ヨーク公爵夫人は、難産や息子の体にあった嫌な印の話をして、息子たちを楽しませたらしい。彼女は、こんな息子を産んでしまったことの「苦悶、苦痛、苦悩」(クォート版『リチャード三世』第四幕第四場一五六行)を常に感じており、それは、うっかり本心を漏らしてしまったり、もう黙っていられなくなったりした人たちがリチャードに向ける非難の糧《かて》となる。リチャードに捕らえられた不幸なヘンリー六世は言う。「おまえの母親は、普通の母親以上に苦しんだが、／生まれたのは母親の希望を裏切るものだった。／つまり、汚らしい、醜い肉の塊だ」(『ヘンリー六世第三部』第五幕第七場四九〜五一行)。囚われの王がリチャードの歯をあげつらって、「お前は生まれたときには歯が生えていた。／おまえがこの世に嚙みつく印だ」と言うと、リチャードは堪忍袋の緒を切り、「もうこれ以上聞いていられるか！」と叫んで、ヘンリー王を刺し殺す(第五幕第七場五三〜五七行)。

まわりの人間がやがて気づくように、リチャードの精神状態はかなり異常なのだ。自分でさえその内面の混乱は認めている（自分にしか認めていないとしても）。その道徳的そして心理的な奇形を説明するために、彼の同時代人たちはその肉体的奇形を指摘する。「せむし」と呼ばれた脊椎の歪みである（現在では強度の後彎《こうわん》症と診断される）。当時の人たちにとっては、その内面を示すために、自然が外面を歪めたと思えたのだ。そして、リチャードも同意する。「それでは、天が俺の体をそのように形作った以上は、それに応えて地獄に俺の心を歪めさせよう」（第五幕第六場七八～七九行）。自分には、普通の人間の感情が一切ないとして、「哀れみも愛情も恐怖も」感じないと言う（第五幕第六場六八行）。自分の心を、体に刻印された歪みにわざと合わせようとしているのである。

シェイクスピアは、身体的な奇形が道徳的な歪みを表すとする当時の文化を否定はしない。自然なのか神なのかはともかく、より高度な力が、悪党の邪悪さを目に見える形にしたという考え方を観客に許している。リチャードの身体的奇形は、その邪悪さの超自然的刻印ないし象徴なのだ。しかし、当時の文化の支配的な流れに抗して、その逆もまた真なりとシェイクスピアは主張する。リチャードの奇形――と言うよりむしろ、その奇形に対する社会の反応――が、その精神病理学の根本条件なのだ。常にそうだというわけではない。もちろん、背骨が曲がっていると狡猾な人殺しになるわけではない。しかしながら、母親に愛されず、同胞から嘲笑され、自分を怪物と認識せざるを得なくなった子供は、それを補う心理的な方策を講じ、破壊的だったり自滅的だったりする行為に及んだりするものだということをシェイクスピアは示唆している。

リチャードは、兄のエドワードが魅力的な女性を口説く様子を見守る。これまでにも見たことのある光景だ——兄は悪名高い女たらしなのだ——そして、見ていて苦々しい思いになる。「愛の女神は、母親の子宮内で俺を否認した」と彼は考える。そして、自分が永遠に見捨てられるようにすべく、自然の神が次のようにするのを愛の女神は黙認したと言う。

俺の腕をしなびた低木のように縮み上がらせ、
うとましい山を俺の背中に載せて、
この体を嘲って歪めやがった。
両脚の長さもそろっておらず、
どこもかしこもばらばらだ。

（『ヘンリー六世第三部』第三幕第二場一五三～六〇行）

自分がエロティックな方面でうまくいくなどと考えることすらとんでもないとリチャードは

思う。こんな体をした男を愛する者などいない、と。人生からどんな喜びが得られようとも、「女性の膝を天国」(第三幕第二場一四八行)とする喜びでないことはまちがいない。しかし、このつらい喪失を補う方法がある。自分にない魅力をもって生まれた連中をいじめぬくのだ。

ヨーク公の末息子にして、現王エドワード四世の弟であるリチャードは、社会的階層の頂点に近いところにいる。自分に聞こえないところで人々が自分について、「蟇蛙《ひきがえる》」だの「猪《いのしし》」だのと呼んで残酷な冗談を言っていることは知っているが、高い身分に生まれたおかげで、自分より下の連中に対してほぼ無制限の権力をふるえることもわかっていた。この権力に、傲慢さや暴力志向、そして自分は偉いから何をやってもいいのだという感覚が加わっていく。命令を出せば、直ちに従われるのが当然なのだ。自分が殺した王の棺を運ぶ葬列に出遭うと、リチャードは運び手の紳士たちや武装した従者たちに、止まって棺を置けと高圧的に命じる。拒まれると、「悪党め」「無作法な犬め」「乞食め」と侮辱の言葉を浴びせ、殺すぞと脅す(『リチャード三世』第一幕第二場三六〜四二行)。彼の社会的立場の力と、それを行使する自信の強さを前に、男たちは震えて言うとおりにしてしまう。

他人を威圧することで、孤独なリチャードは、傷ついた自己イメージを支え、拒絶された痛みを払いのけ、まっすぐ立つことができるのだ。その体は他人から嘲られるのみならず、自らを嘲り続けているかのようだ。肉体的にバランスのとれない自分の体は、「天地創造以前の混沌のようだ」と彼は言う（『ヘンリー六世第三部』第三幕第二場一六一行）。力を行使すること、とりわけ人々にバランスを失わせるような力を行使することは、自らの混沌とした不均等さの感覚を薄めてくれる。少なくとも本人はそう望む。それは単に、自分の思いどおりに人を動かすということ――それはそれで楽しいのだが――ではなく、相手を震わせ、ぐらつかせて倒す特殊な喜びでもある。

シェイクスピアが描くリチャードは、自らの肉体的歪みと、内的な性格と、究極の政治目標とが結びつくことを恐ろしいまでにはっきり意識している。

この大地が俺に与える喜びと言ったら、
俺よりもましな連中に命令し、
叱りつけ、いばってみせるしかないのだから、
俺は王冠を夢見ることを天国としよう。

（第三幕第二場一六五～六八行）

リチャードは独自のいやらしいやり方で、異様なまでに明確な自己イメージを持つ男だ。喜

びを味わうためには、自分が何を感じ、何が足りなくて、何を手に入れなければならないか(少なくとも何が欲しいか)がわかっている。絶対権力——すべての人に命じる力——こそが、この喜びの究極の形なのだ。確かに、これほどの天国の味でなければ、彼を満足させることはできないだろう。「このいびつな体に載ったこの頭に／栄光の王冠が飾られるまでは、／この世を地獄と思おう」と彼は宣言する(第三幕第二場一六九〜七一行)。

リチャードは、自分が単なる願望成就の幻想に迷い込んでいるにすぎないことは重々承知している。兄のエドワード王には二人の幼い息子があり、どちらも王位継承者だ。かりに二人がたまたま死んだとしても、兄のクラレンス公ジョージがいる。リチャードと彼が望む王冠とのあいだには、深く広がった溝がある。「要するに」と、彼は言う。

崖っぷちに立って、行ってみたい
遠くの岸を見つめ、目と同じように
足が届けばよいのにと願う者のように、
君主になるのを夢見ているにすぎない。
そこから自分を引き離す海を叱りつけ、

干上がらせてでも辿《たど》り着いてやると言うかのように。

（『ヘンリー六世第三部』第三幕第二場一三四〜三九行）

いつか皆を押しのける力を持ち、そうすることで、愛されてこなかった自分の不均等な体の埋め合わせをしようと夢見るこの歪んだ男には、どこか絶望的でほとんど哀れなところがある。自分でも苦々しく認めているように、「棘《とげ》だらけの森で道に迷った」のであり、棘に傷つきながら、外へ出ようと苦しみもがいているのだ。

そうした状況下でリチャードが持っている主たる武器は、まさにその野心の不条理性だ。頭がまともな人なら、彼が本気で王座を狙っているとは思わないだろう。だが、彼の場合はとりわけ重要な技術があるのだ。人を騙すのがうまいのである。「なに、俺は微笑んで、微笑みながら人殺しだってできる」と、彼は得意そうに語る。

そして、悲しいことに「よかった！」と叫び、
嘘泣きをして頬を濡らし、
いかようにも表情を作ることができる。

（第三幕第二場一八二〜八五行）

詐欺師の演技術があるのだ。

『リチャード三世』の冒頭のすばらしい独白で、リチャードは、『ヘンリー六世』三部作がどこで終わったかを観客に思い出させる。「今や、我らが不満の冬も、／このヨークの太陽輝く栄光の夏となった」(『リチャード三世』第一幕第一場一〜二行)。それからシェイクスピアは、この登場人物の心の窓を開く。イングランドはついに平和になったが、歪んだグロスター公リチャードに平安はない。ほかの誰もが歓楽を追い求めはじめたのに——

だが、この俺ときたら——この体つきでは色恋もできず、
惚れ惚れ鏡を覗《のぞ》き込むわけにもゆかぬ。
浮気な色女の前で気取ってみせるような
色気なんぞありはしない、醜い体のこの俺は——。
恰好というものを切り取られ、
嘘つきの自然に体つきをだまし取られたこの俺は——。
寸足らずの歪んだできそこないのまま、

月足らずの未熟児としてこの世に放り出され、
あまりにぶざまで、みっともないから、
片足引き引き歩けば、犬も吠えかかる――。
そんな俺だ、軟弱に浮かれ騒ぐこの平和な時代に、
何の楽しみがあるものか。

（第一幕第一場一四～二五行）

「寸足らずの歪んだできそこないのまま、／月足らずの未熟児としてこの世に放り出され」たリチャードは、恋を諦め、何としてでも権力を手にしてやろうとする。

性的快楽の代わりとしての権力という代替モデルで暴君の心理がすっかり説明できるとシェイクスピアは考えているわけではないが、暴君的な権力への渇望と、性的に抑圧され傷ついたこととのあいだには重要な関係があるという確たる解釈がある。そしてまた、人の自己イメージに加えられた永続的なトラウマとなるダメージは、幼い頃の経験――自分は醜いという思春期の不安や、ほかの子たちからひどくからかわれたことや、あるいはそれ以前の乳母や産婆の反応――に遡れるという確信もある。とりわけ、取り返しのつかないダメージは、母親が我が子を愛さない、あるいは愛せないことからくるとシェイクスピアは考えた。リチャードが、自

分を見限った愛の女神や、自分の腕をしなびた低木のようにした自然の神に対して抱く苦々しい怒りとは、自分の母親への怒りにほかならないことは、透けて見える。

『リチャード三世』は、シェイクスピアが母子関係を描いた数少ない劇だ。たいていの場合、シェイクスピアは父子関係を描く。父親の例を少し挙げれば、『夏の夜の夢』のイジーアス、ヘンリー四世の名前を冠した二つの劇におけるヘンリー四世、『から騒ぎ』のレオナートー、『オセロー』のブラバンショー、『リア王』のリアとグロスター、『テンペスト』のプロスペローのいずれも、子供たちを世に送り出した母親の記憶などおくびにも出さない。『ヘンリー六世』三部作は、ヨーク公の四人の息子――エドワード、ジョージ、ラットランド、リチャード――を描く際、その母親を紹介さえしない。三部作のポイントは、個人や家族にあるのではなく、国全体が内戦状態になるところにあるのだ。しかし、シェイクスピアが暴君自身の性質――内面的な苦々しさ、無秩序、行動の原動力となり国を破壊せしめる暴力――に焦点を当てるとき、母子関係において欠けていたものを探る必要があったのである。

リチャードの母親であるヨーク公爵夫人は、『リチャード三世』で最初に登場した時点から、息子を怪物とみなしていることを表明する。それも仕方のないことだ。細かなことは知らないまでも、兄のジョージが殺されたのは、病気の長男エドワードのせいではなく、リチャードが裏で糸を引いていたと母親は疑っている。リチャードは、ジョージという父親を失った、リチャードの姪や甥に対して、大いに心を寄せて愛しているそぶりをみせるが、公爵夫人は「何も知らぬ頑是《がんぜ》無いおまえたち」と呼びかける子供たちに、リチャードの言うことなど信じてはならぬと警告する。「叔父さまが嘘をついているとお思いなの、おばあさま？」と聞かれると、「ああ、そうだよ」とぶっきらぼうに答える。そこには恥辱と否認という二つの矛盾した思いがある。「あれはわが息子、そう、ゆえにわが恥」とは認めるが、直ちに自分の責任を否認するのだ。「だが、そんな偽りの心は、この乳房が授けたのではない」（『リチャード三世』第二幕第二場一八行、二九〜三〇行）。エドワードが死んだと告げられ、リチャードだけが四人の息子の唯一の生き残りとなったとき、公爵夫人の恥辱の感覚は強められるばかりだ。「かろうじてもう一つ、歪んだ鏡があるものの、／そこに見えるのは、悲しいかな、わが恥ばかり」と苦々しく言う（第二幕第二場五三〜五四行）。

そこへリチャードがやってきて、母親の祝福を受けようと跪き、息子としての敬虔さを示す態度をとる。母親はぎこちなく応じるが、自分がこの世にもたらしてしまったものにむかついていることは明らかだ。劇の後半で、彼女は、自分の子がひどい目に遭わせたほかの女性たち――ヘンリー六世の寡婦である老いたマーガレット妃、エドワードの寡婦エリザベス妃、そしてリチャードの惨めで不幸せな妻アン――に対して、悲しみと怒りを吐露するようにと促す。「私の呪わしい息子の／息の根を、激しい言葉の息で止めてやりましょう」(第四幕第四場一三三〜三四行)と。リチャードが女性たちの前に現れると、母親はまず息子の外見が常に惹き起こしてきた嫌悪の言葉で彼を呼ぶ。「この蟇蛙《ひきがえる》、この蟇蛙」と。おまえがこのお腹にいたときにおまえの首を絞めておけば、おまえがこの世に、そして私の人生にもたらしたありとあらゆる不幸をなかったことにできたのに、と母親は息子に言う。

おまえが生まれたせいでこの世は私の地獄となった。
おまえの誕生は私には悲しむべき重荷だった。
幼い時はきかん気で、気まぐれで、
学校に通う頃は自暴自棄で怒りっぽく、手のつけられない乱暴者。
青年時代は、何をしでかすかわからない向こう見ず。
立派な年になればなったで、高慢、狡猾、陰険、残忍。
(第四幕第四場一六七〜七二行)

もう二度とこの子には口を利かないと誓う公爵夫人は、リチャードを呪い、「残虐に生きたおまえは、残虐な最期を迎えろ」と、その死を願って言葉を終える。

母親としての恥と嫌悪は、息子の悪行を見て出てくるのではなく、そもそものはじめに帰り、生まれたばかりの赤子を見たときの反応や、そのきかん気で気まぐれな幼年期への思いから生まれている。エドワードやジョージに対しては母親としての優しさや気遣いを示したのに、歪んだリチャードに対しては嫌悪と不快の気持ちしか抱いてこなかったのだ。

当然ながらリチャードの反応は、母親の呪いを音で消し去ろうと、ラッパや太鼓を高らかに演奏させることだった。しかし、母親に拒絶されたことで、彼の中に焦燥や怒り以上の何かが植えつけられてしまったことを劇は示唆している。それにまた、この拒絶への反応として、リチャードは自分の声を相手に聞かせ、注意をさせ、騙してしまうという、生涯に亘る方策を身につけてしまったことも示唆する。リチャードの不思議な技術——そして、シェイクスピアに言わせれば、暴君ならではの特質の一つ——は、望む望まないにかかわらず、まわりの人々の心の中に無理やり入り込んでしまう能力である。まるで、自分が受けてきた苦痛の代償として、騙したり脅したりすかしたりすることで、誰の中へも入っていくことができるようだ。それを誰も拒むことはできないのである。

第5章　支援者たち

リチャードの悪事に気づかない人など、まずいない。その皮肉な態度や残酷さや裏切り体質は秘密でも何でもない。人間として救われる要素など持ちあわせていないし、国を効果的に統治できると信じられる理由も一切ない。つまり、この劇が探求しているのは、そんな人間がそもそもどうしてイングランドの王位に就けるのかという問いだ。そんなことができるのは、まわりにいる人間たちがそれぞれ同じように自滅的な反応をしてしまうがゆえだとシェイクスピアは示唆している。こうした反応が集まると、国全体が一挙に崩壊するのだ。

リチャードの主張や誓いを信じてしまい、その感情の発露を額面どおりに受け取って、純粋にリチャードに騙される人物も何人かはいる。リチャードがのしあがってくるのを妨げることも助けることもできない連中だ。たいていは小さな子供で、あまりにも無邪気で何もわかっておらず、政治で重要な働きをするには無力すぎであり、利用される犠牲者でしかない人たちだ。暴力で脅されたり、いじめられたりして、怯えて何もできない連中もいる。「言うことを聞かぬやつは死骸にしてしまうぞ」(『リチャード三世』第一幕第二場三七行)とリチャードは脅し、その無謀な要求に皆たじたじとなってしまう。リチャードは何でもやりたいようにやってきた裕福で特権階級の人間であるために、人の道に悖《もと》る行為もできてしまうのだ。

そしてまた、リチャードが外見ほど悪い人ではないかもしれないと思ってしまう連中がいる。とんでもない嘘つきであることはわかっているし、あれやこれやの悪事を働いたことは承知しているが、それがどんなにひどいかを覚えていられないかのように、不思議な忘れ癖がある人たちだ。彼らは尋常でないことを尋常なこととして受け容れてしまう。

ほかにも、リチャードの悪党ぶりを忘れられないにもかかわらず、何もかも平穏に続いていくと信じてしまう人々もいる。言ってみれば、分別のある大人たちがまわりにたくさんいるのだから、約束は守られ、同盟は大切にされ、重要な制度は尊重されるだろうと思ってしまう人たちだ。リチャードは最高の権力の座には明らかにふさわしくないので、リチャードのことなど気にかけず、ほかの誰かがリーダーになるだろうとずっと考えているうちに、やがて手遅れの事態となる。ありえないと思っていたことが実際に起こっていると気づいたときには遅いのだ。頼りにしていた基盤が意外にも脆《もろ》かったと知ることになる。

リチャードが権力の座に就く際に、甘い汁を吸ってやろうと企む悪い連中もいる。リチャードがどれほど破滅的かは他の人同様重々承知しているのだが、悪より一歩先を行って、何かしらの利益を得てやれると妙な自信を持っている連中だ。こうした手合い――ヘイスティングズ、ケイツビー、そしてとりわけバッキンガム公――は、リチャードをどんどん押し上げる手助けをし、その汚い仕事に手を貸し、次々と犠牲が出るのを冷ややかに眺める。シェイクスピアがイメージしたこうした皮肉な共謀者たちは、一旦リチャードがその援助によって目的を達すると、いの一番に蹴落とされてしまう。

最後に、面倒を避けたいがために、いやいやながらもリチャードの命令に従う雑多な群衆がいる。自分たちも何かいい目を見られるのではないかと期待して頑張る連中もいれば、社会的に高い立場にいる人たちを倒して苦痛や死へ追いやる残酷なゲームを楽しむ連中もいる。野望を抱く暴君は、そういった連中をいくらでも利用できる。それはシェイクスピア作品においてのみならず、現実においてもそうであろう。もちろん、こんなことが起こらない世界もどこかにあるかもしれない。モンテーニュの友人のエティエンヌ・ド・ラ・ボエシがかつてイメージした世界では、暴君は、非暴力の大勢の人たちが非協力の拒絶の態度を示すだけで倒れる。暴君がイチゴを所望しようが、誰かの処刑を求めようが、誰一人微動だにしなければよい。しかし、シェイクスピアは、そうしたガンジー風非暴力的抵抗の発想をむなしいものととらえたようだ。暴君は必ず、ハムレットの言葉を借りれば、「好き好んでしゃしゃり出て」(『ハムレット』第五幕第二場五七行)くるような、喜んで死刑執行人になるようなやつを見つけるものだと、シエイクスピアは考えていたのである。

支援者のタイプを挙げていくと、シェイクスピアの演劇的天才のすごさを見失ってしまいそうになる。シェイクスピアの才能は、さまざまなレベルで共謀していくいろいろな人物を描き分けている点にあるよりも、実体験を忘れがたいほど生き生きと想像させてくれるところにある。リチャードの野望に心かき乱され、何をどう解釈していいかもわからず、お先真っ暗な中で、人々はまちがった選択を強いられてしまうのだ。『リチャード三世』は、耐えがたい抑圧を受けて必死に考える人々が、理性的なコントロールの利かない感情的な流れの中で、とんでもない決断をしてしまう様子を見事に描いている。偉大な演劇の力が、そうしたジレンマに命を吹き込むのである。

共謀の外側にいるのは、その悪行を当然耳にしているはずなのに、あるいは直接目撃したにもかかわらず、リチャードを信じてしまう連中だ。そういう人たちは、リチャードが恥知らずにも繰り返すとんでもない大胆な嘘を否定できない。よいカモにされるのは、世間知らずの若者だ。殺されたクラレンス公の息子は、叔父のリチャードの悲しみようは嘘っぱちだと告げられると、「そうは思えない」と答える(『リチャード三世』第二幕第二場三二〜三三行)。「そうは思えない」というのは、そうした裏切り行為を見抜けない人たちの決まり文句となる。結局のところ、親を失った幼子が、祖母から残酷な真実を告げられたところで何ができると言うのか？

致命的に騙されるのは、若者に限らない。実際、リチャードの嘘っぱちの友情告白を信じる人たちの中で目につくのは子供ではなく、経験豊富で政治的にも機敏で頑強な兄クラレンスだ。シェイクスピアの『ヘンリー六世第三部』は、薔薇戦争の最中にクラレンスが日和見をして寝返るさまを描いている。つまり、クラレンスは、偽善、裏切り、暴力などが張り巡らされた網の上を歩いてきた男なのだから、危険な弟が何をしようとしているのか気づく機会は大いにあったはずなのだ。なのになぜ、突然逮捕されてロンドン塔へ連行されようとするとき、クラレンスは弟リチャードの援助の申し出を信じたりするのだろうか？

この問いへの答えは、本来情報通のはずの政治関係者たちがなぜ悪党であることが明白な人物に騙されて、その悪党を王座に就けるなどというありえないことが起こりえるのかについての鍵となる理由を教えてくれる。出来事は目まぐるしい勢いで起こっているのだ。「筋書きはとっくにできている」と、冒頭の独白でリチャードは語りだす――

危ない幕開きだ。酔っ払いの予言、中傷、夢占い――

そんな手を使って、二人の兄、王とクラレンスとを死ぬまで憎み合わせるのだ。

（『リチャード三世』第一幕第一場三二～三六行）

次の瞬間、護衛されたクラレンスがロンドン塔へ連行される。牢番の監視下でなされる短い会話で、リチャードは即座に同情を約束し、この投獄は王のせいではなく——何と言っても王は兄なのだから——王妃のせいだと示唆する。こうしてクラレンスは、恐ろしくも複雑な政治的状況に絡めとられ、抜け出せなくなる。クラレンスは兄エドワードが王座に就くことを必ずしも全面的に支持してこなかったために、兄とのあいだにしこりが残っている。一方に王妃の親族があり、他方に王の親族があって、両者のあいだで権力闘争が起こるのはわかっていたことだ。さらに王の愛人ジェイン・ショアという、まったく別個な影響力を持った存在も考慮しなければならない。急速に展開する危機のプレッシャーを感じながら、逮捕されたクラレンスに、どうやったら事態の解決がつけられようか？　弟リチャードが王座に就くのに邪魔な者はすべて殺すという狂った計画を考えているると思いつけたなら、すべてははっきりするだろうが、思いつけなければ闇の中だ。

リチャードは兄弟の絆という餌をぶらさげる。「我らの身も、兄上、危ない、危ない」（第一幕第一場七〇行）。クラレンスは、人間なら当然、家族愛が何にもまして重要なはずだと思い込み、その餌に食らいつく。王か王妃か、あるいは王の愛人の慈悲にすがっていたほうがずっと安全だったのにと我々は思うが、目まぐるしい混乱の中で、クラレンスに物がはっきり見えるはずがない。その心は、このあとすぐわかることだが、罪の意識で曇っており、自分がかつて申し訳ないことをした後ろめたさがあるのだ。クラレンスだけではない。シェイクスピアの劇では、後ろめたい思いのない人物など皆無と言ってよいだろう。ほとんど誰もが、嘘をつき、誓いを破ったつらい記憶と葛藤しており、そうした記憶があるがゆえに、どこに最も危険な嘘があるのかわからなくなる。

それでも、クラレンスは、致命的な危険がグロスター——リチャードはグロスター公なので、クラレンスは弟をグロスターと呼ぶ——にあるらしいと結局は察する。問題は、そう察するのが夢の中だけということだ。ロンドン塔を舞台とした印象深い場面で、囚われのクラレンスは、夜ひどい夢にうなされて目を覚まし、今見た悪夢を牢番に話す。それは、逃亡からはじまっていた——

どうやら、このロンドン塔から抜け出して、
バーガンディー行きの船に乗っているらしく、

弟のグロスターが一緒にいた。
弟に船室から誘い出されて、
二人で甲板を散歩した。

（第一幕第四場九〜一三行）

この瞬間、夢は悪夢へと変わる――

甲板のすべりやすいところを歩いていると、
どうやらグロスターがつまずいて、倒れざまに、
助けようとした私にぶつかったようで、私は
まっさかさまに大海原の怒濤の中へ落ちていった。
ああ神よ。溺れるのはなんと苦しかったことか。

（第一幕第四場一六〜二一行）

すべてがここに盛り込まれている。クラレンスは、無意識のうちに、弟はまわりにいる人間を倒してでも自分はまっすぐ立っていようとする男であり、弟でさえ自分の死の原因となりえるのだと理解するのだ。しかしながら、ここではリチャードの悪意やその動機は理解されない。

夢の中では、単に恐ろしい出来事でしかない。

数分後、夢ではなく、はっきり覚醒しているときに、リチャードに雇われた暴漢が二人、ロンドン塔へやってくる。兄エドワードから送り込まれた刺客だと思ったクラレンスは、ありもしない兄弟愛に訴える。「弟グロスターに紹介しよう」と、彼は刺客らに言う。「わが命を救ったと知ればもっとたんまり褒美をくれよう、／私が死んだ知らせにエドワードが払うよりも」「勘違いしてる。弟のグロスター様はあんたがお嫌いだ」と、刺客が教えてやる。このおぞましい真実をクラレンスは絶対信じようとしない。「いや、愛してくれている。大切に思ってくれている。／弟に伝言をしてくれ。」暗殺者はブラック・ユーモアで、「ああ、そうしてあげますよ」(第一幕第四場二二一〜二六行)と答えてクラレンスを刺し、それからワイン樽で溺れさせ、報酬をもらいにリチャードのもとへ走り去るのだ。

あとから考えてみれば、クラレンスの夢は、溺れ死ぬことまで言い当てた恐ろしい予兆だとわかるが、そんな小さな点にとどまらない重要性がある。のしあがっていく暴虐政治について大いに重要なことを教えてくれるのだ。すなわち、暴君は人の体を刺し貫くように、眠っている人の心の中まで入ってくる恐ろしいものだということである。『リチャード三世』において、夢は単なる装飾的描写でもなければ、人の心の中を垣間見せるものでもない。暴君の力が皆の悪夢の中に存在することを理解するのに必要なのだ。暴君自体が悪夢なのであり、暴君は悪夢を現実のものとするのである。

クラレンスが弟の本心を理解するのは夢の中だけだ。目が覚めると、殺し屋を前にしても、弟は「わが不運に涙し、／この身を抱きしめて、すすり泣きながら、／私を解放するために骨を折ると誓ってくれた」(第一幕第四場二三五〜三七行)と言って、弟が裏切るとは信じられないでいる。この劇の誰も彼もが、夢に隠された真実がわからないわけではない。午前四時に使者が強大なヘイスティングズ卿の屋敷のドアを叩き、スタンリー卿が悪夢を見たと告げる。「グロスター家の紋章である猪に兜を引きちぎられた夢を見た」と言うのだ(第三幕第二場一〇行)——つまり、スタンリー卿は、リチャードに首を切り落とされる夢を見たというわけだ。ヘイスティングズ卿はそんな凶兆など気にしない。「ご主人の恐れは浅はかで根拠がないと言ってやれ。／夢の話に至っては、眠れぬまどろみで見た幻影を信じるほど／単純なお方だったとは驚いた」(第三幕第二場二四〜二六行)。パニックして逃げ出したりしたら、かえって疑われるだけだと言う。

猪が追いかけてくる前に逃げ出すとは、

猪を刺激して追いかけさせ、
追うつもりがないのに追わせるようなものだ。

（第三幕第二場二七〜二九行）

じっとしていたほうが安全だとヘイスティングズ卿は忠告する。実のところは、最後に助かるのは恐れを抱いたスタンリー卿のほうであり、ヘイスティングズ卿は首を斬られることになる。

だが、なぜヘイスティングズ卿は、リチャードの冷酷さを間近で見てきたはずなのに、みすみす罠に落ちてしまったのか？　答えは、野心を抱くヘイスティングズ卿は、宮廷での主たる政敵を倒すべく、リチャードの冷酷さを利用できると考えていたからだ。危ない橋を渡ることになるとわからなかったわけではないが、これまでリチャードのために尽力してきたし、風向きが怪しくなってきたらすぐに警告してくれる味方と手を結ぶことで、危ない目に遭うことはないと信じ切っていたのだ。その味方とは「良き友ケイツビー」であり、「我々に関係する議題があれば、／必ずこの耳に入る手筈だ」（第三幕第二場二一〜二三行）と言う。

ヘイスティングズ卿には、情報を教えてくれるケイツビーには自分の思惑があって、懐刀とするにはあまり安全でないかもしれないということがわかっていなかった。このあとすぐ続く会話で、ケイツビーは、ヘイスティングズ卿の敵の何人かが殺されたと知らせつつ、リチャードが王座に就くのを支持するつもりがあるかを探る。亡くなった王の幼い王子に忠義立てをするヘイスティングズ卿は、きっぱりと否定するが、その否定が自分の運命を決めてしまうとは思いもしない。敵の没落しか頭になかったからだ。これから数週間は、リチャードとの友情と協力のおかげで、さらに勝ち誇ることになると期待していたのだ。「なあ、ケイツビー、二週間と経たぬうちに／何人かの連中の虚を衝《つ》いて、あの世へ送り込んでやるぞ」(第三幕第二場五九～六〇行)と卿は言う。けれども、もちろん、送り込まれるのは卿自身だったのだ。ある恐ろしい場面で、リチャードは、昼食前に始末してしまいたい面倒であるかのように、卿の処刑を命じる。「こいつの首を刎《は》ねろ！　聖パウロにかけて誓う。／こいつの首を見るまで食事はせぬ！」(第三幕第四場七五～七七行)。

暴君は命令を発するのみで、もちろん自ら手を汚したりはしない。そして、その共謀者たちは、斧を手にした処刑執行人のほかにも大勢いる。リチャードがこの命令を出した部屋には、大勢の有力者たちが席についていた。悪夢を見たスタンリーもいたし、バッキンガム公も、イーリー司教も、サー・リチャード・ラトクリフも、サー・フランシス・ラヴェルも、ノーフォーク公その他もいたのだ。皆、ヘイスティングズ卿とは長年の知己であり、しかも卿にかけられた謀叛の嫌疑——魔法を使ってリチャードの腕をしなびさせたという——などまったく馬鹿げたものであることもわかっていた。リチャードの腕は、生まれたときからおかしかったのだ。バッキンガム公やケイツビーのように、ヘイスティングズ卿の命を狙う計画にすでに一枚嚙んでいた者もいたが、ラトクリフやラヴェルのように、暴君が命じることなら何でも唯々諾々と従う者もいる。さらには、斧の刃が自分のほうに向けられなくてよかったと、ただ安堵している者もいる。

責任は全員にある。ただ黙って何もしなかったのだから自分は悪くないと思う連中にも、それなりの責任がある。劇の最初のほうで、ロンドン塔長官サー・ロバート・ブラッケンベリーは、自分が拘束しているクラレンス公をいかにも悪漢風の二人組に引き渡すよう指示した命令書を受け取る。一瞥しただけで、その意味は明白だ。クラレンス公が裁判を受けていないことを重々承知していながら、ブラッケンベリーは牢の鍵を暗殺者たちに手渡し、質問もしなければ抗議もせず、「それがどういうことか仔細《しさい》は問うまい。／その意味から私は無実でありたいからな」(第一幕第四場九三～九四行)と言う。しかし、「その意味から無実でありたい」と願う立派な人たちによってこの種の行為が度重なると、専制政治が生まれてしまうのだ。

殺人者たちの見事な仕事ぶりによって、大きな障害が(実際の障害か潜在的なものかはともかく)

取り除かれ、リチャードが権力を握る地平の見晴らしがよくなる。しかし、暴君がいよいよ王座にのぼろうとするクライマックスを、暴力によってもたらされた結果としてシェイクスピアが描いていないのは、特筆すべきことだ。暴君は、選挙で選ばれるのだ。大衆からの委任を引き出そうと、リチャードは政治活動を展開し、宗教的な敬虔さを装い、政敵を中傷し、政敵は国家の安全に対して脅威となると誇張してみせる。

なぜ選挙なのか？　種本、とりわけトマス・モア著『リチャード三世王の歴史』を持ち出してみたところで、十分な理由とならない。シェイクスピアはかなり好き勝手にカットしたり変更を加えたりしているからだ。（実際は長期に亘って起こった出来事を劇は短くまとめているので、たとえばリチャードの兄クラレンス公に対する暗殺［一四七八年］は、あろうことかアンを口説いてしまう場面［一四七二年］とうまく絡めてあるし、アンを口説く場面はヘンリー王の葬列［一四七一年］ではじまっている。）エリザベス朝という時代は、選挙ではなく、世襲の君主制であったのだから、モアが語るこの選挙の話は簡単にするか削除するかしてもよかったのだ。ところが、シェイクスピアは、これを劇の中心に持ってきた。

「市民たち」——普通の人々——は、王が亡くなって王位が幼い王子に受け継がれ、王子の叔父たちが保護をするようになったという噂を耳にする。政治体制の変化に常に神経質にならざるをえなかった人たちにしてみれば、これはまずい前兆だった――「子供が王になる国には禍《わざわい》がある」(第二幕第三場一一行)と一人が言う。普通なら、どのような運命になろうと、一介の国民はそれを受け入れるよりほか術《すべ》はない。もう一人はこう言っている――「空が曇ってきたら、コートを羽織るのが知恵者だ」(第二幕第三場三二行)。しかし、この場合、人々は複雑な政治ゲームに巻き込まれてしまう。王位継承の順序を無視し、王子を拒絶し、代わりにリチャードを選出するように求められることになるのである。

主たる参謀《ブレーン》であり実質的な選挙事務長を務めるバッキンガム公の助けを得て、リチャードは、政府転覆を狙ったヘイスティングズの謀叛の計画を未然に防いだとでっちあげを語る。すばやく行動して謀叛人を即決処刑しなければ、国家は救えない。緊急事態の中、リチャードはロンドン市長に、証拠を見せたり「法的手続き」をとったりしている暇はないと告げる。ヘイスティングズの首が運びこまれると、バッキンガム公は、この首を斬り落とした愛国者たちが「我らを思うあまり、早まったことをし」なければ、謀叛人自ら自分の罪を洗いざらい告白し、すべてそのとおりだと市民たちに証言するのを市長もご自分の耳で聞くことができたのだがと言う。「お二人のお言葉で十分、／この男が話すのを見聞きしたも同然でございます」(第三幕第五場六二～六三行)と、市長は言いなりになる。

リチャードとその子分は、おぞましい陰謀から危ないところで逃れた役をじょうずに演じてみせようと胸を張る。「なんの、悲劇役者の真似事ぐらいできますよ」と、バッキンガム公は自慢する。

話しながら後ろを振り返り、あちらこちらに目を走らせ、
藁《わら》しべ一本動いても、震えて飛び上がる。
疑心暗鬼もお手の物です。

（第三幕第五場五〜八行）

二人は、市長のような公的役人から協力を引き出すのに必要な親しみと脅しを巧みに使い分けてみせる。しかし、この演技に騙されている人が本当にいるのかは定かではない。この市長とのやりとりのすぐあとで、シェイクスピアはとても短い——十四行しかない——場面を挿入し、名前も記されない代書人に、たった今写し取った法的文書についてぶつぶつ言わせている。文書はヘイスティングズの起訴状であり、代書人は時間の流れを考えて、この起訴状は、ずっと以前に、まだヘイスティングズが「青天白日、取調べも受けず、自由の身だった」（第三幕第六場九行）ときに書かれたことがすぐにわかると言う。

何もかもでっちあげなのであり、リチャードが敵の一人を違法に片づけたことのカモフラージュなのだ。「こんなあけすけな仕掛けを／わからないような馬鹿なやつがいるか」と、代書人は尋ねる。「だが、わかったと言うほど大胆なやつもいない」(第三幕第六場一〇～一二行)。

こんな手の込んだ茶番をでっちあげて何になるのか。謀叛の陰謀があったと騒ぎたて、起訴状を仕組んだだけではない。なぜまたリチャードは敬虔さを装って王になりたくないなどと嫌がってみせ、幼い王子は嫡出でないと偽りの主張をし、あれやこれやと嘘をつくのか？ こんないんちきなど、代書人でなくとも見抜けることだ。ロンドン市民も見抜いたからこそ、リチャードが王位に就くことを人々に支持させようという最初の試みは失敗に終わったのだ。票を持つ人たちは、言うことを聞かなかった。バッキンガム公はこう報告する――「一言も言わず、／口の利けぬ銅像か、息をする石ころさながら／顔を見合わせ、真っ青になるばかり」(第三幕第七場二四～二六行)。

しかし、これらの嘘がしっかり信じられないとしても、ある程度の効果はある。ずっと虚偽を連続して浴びせ続けると、疑い深い人たちは隅に追いやられ、混乱を生み、本来なら起こるはずの抗議の声も生まれないことがある。市民たちは、どうでもよいと思っているのか、怖いからか、あるいはリチャードが王になろうと別の人が王になろうと大して違いはないととんでもない思い違いをしているのかわからないが、抵抗しないのだ。実際、人民の声を求める二度目の試みは成功を収める。バッキンガム公の「イングランド王リチャード万歳！」という叫びに、「万歳」と返ってくるのである（第三幕第七場二三八〜三九行）。

シェイクスピア自身、暴君が王座にのぼるのに、実際どれくらいの大衆の支持があったのかとらえるのに苦労したかもしれない。『リチャード三世』には、底本となりうる二つのテクストがある。シェイクスピアの存命中に出版された廉価で小さなクォート版では、バッキンガム公の「イングランド王リチャード万歳！」に、市長だけが「万歳」と叫ぶ（クォート版、第三幕第七場二一八〜一九行）が、シェイクスピアの死後七年後に出版されたフォーリオ版では、「万歳」という決定的な台詞を言うのは「全員」となっている（フォーリオ版、第三幕第七場二三八〜三九行）。つまり、あるテクストでは、同意をするのは暴君のお先棒担ぎでしかないのに、別のテクストでは群衆全体が同意しているのだ。

この曖昧さは、シェイクスピアが考えるリチャード像に組み込まれている。リチャードは、醜いだけでなくて魅力もあるのか？　本当に群衆が彼を支持する瞬間があるのか。それとも、ただ共謀しているだけなのか？　リチャードの嘘は、人々に見破られても効果があるのか？リチャードのどんな甘言にも絶対になびいたりしないはずのアン王女をリチャードが口説く有名な場面をはじめとして、リチャードはずっと不思議な綱渡りを続けてきているが、選挙はそのクライマックスとなる。アンは、リチャードを嫌って当然の女性である。シェイクスピアが描くリチャードは、アンの若い夫も、舅に当たるヘンリー六世王も殺したのだから。その殺人者が、文字どおりヘンリー六世の死体を乗り越えて、アンを口説くとき、アンはむかつき、心からの嫌悪の言葉とともに、彼の顔につばを吐き、呪いをかける。しかし、この場面が終わるまでに、アンはリチャードの指輪を受け取り、実のところ、彼と結婚することに同意してしまうのだ。

この場面は実にさまざまに上演することができる。怪物を前にして無力で、なすがままとなってしまうアンには、ほとんどどうすることもできないとすることもできるし、あるいは、リチャードを嫌悪し、恐怖しながらも、不思議なことに魅了されてしまい、激しい罵りあいをしながらも、性的に興奮してしまうというふうにもできるだろう。その緊張した丁々発止の最後に、リチャードの愛の告白に対して、しっかりと軽蔑を表明したのちに、アンはいつのまにか相手を呪うのではなく、「おまえの心が知りたい」(第一幕第二場一九二行)と口にして考えている自分に気づく。リチャードは、アンが退場すると、勝ち誇る。「こんな気分の時に口説かれた女がいるか?／こんな気分の時に口説き落とされた女がいるか?」(第一幕第二場二六七〜六八行)。アンにかけてやった言葉には、ひとかけらの優しさも真実もなかったのだ。「あれは俺のものだ。だが、ずっと大事にするつもりはない」(第一幕第二場二二八行)と、リチャードは冷静に考える。愛することなどできないのであり、やがては、予言したとおり、アンを捨ててしまう。しかし、その権力、富、そして恐るべき厚顔無恥によって、ほしいものを手にし、自分を毛嫌いしている人でさえ自分のものとしてしまう。それが楽しくてならないのだ。

このなかばレイプであり、なかば誘惑であるこの場面に対して、観客はどんな立場にいるのだろうか。アンは、完全な嫌悪感以外の何でも表現できる俳優であるかのように、リチャードがほとんどの観客に感じさせる不思議な興奮を表現する。観客は、リチャードがその政治的目標を遂げることを理性では求めていないものの、感情面ではある種の共犯関係に陥ってしまう。とくにブラック・ユーモアという形で、口にできないようなことを堂々と言ってしまうような、抑えていた激しい衝動を解き放つときの危うい喜びを感じる人たちとの共犯関係だ。「馬鹿は涙を落とすが、おまえらの落とす涙は石だ」と、リチャードは兄を殺すために雇った男たちに言う。「気に入った」(第一幕第三場三五二〜五三行)。

この劇でリチャードがのしあがれるのは、まわりの連中とさまざまなレベルの共犯関係があるためだ。しかし、劇場では、不思議な共同作業に誘い込まれるのは、すべてを見守っている我々観客なのだ。私たちは、悪党のとんでもない行動に何度も魅了され、普通の人間としての節度などどうでもいいとする態度に魅せられ、誰も信じていないときでさえ効果があるように思える嘘を楽しんでしまう。舞台上から我々のほうを見ながら、リチャードは、そのうれしそうな軽蔑を観客も一緒に味わうように誘うのだが、同時に、おぞましいとわかっている立場に立つことがどういうことか、自分でも経験してみるように誘っているのである。

その朗らかな邪悪さとひねくれたユーモアで、リチャードは、四世紀以上も観客を誘惑してきた。シェイクスピアの時代から伝わっている珍しい逸話の一つによれば、この誘惑は初演時からはじまったらしい。一六〇二年、ロンドンの法学生ジョン・マニンガムが、その日記に下世話な話を記録していた。

バーベッジがリチャード三世を演じていた時代に、リチャードが大好きになってしまったご婦人がいて、芝居がはねると、バーベッジに、リチャード三世と名乗ってその夜婦人宅に来て頂戴と言って帰った。シェイクスピアは、この逢引きの約束を立ち聞きし、先に行って、バーベッジが来る前にご婦人の家でもてなされていた。リチャード三世が玄関に着いたとのメッセージが伝えられると、シェイクスピアは、リチャード三世よりもウィリア

ム征服王のほうが前〔の時代〕だと返したという。（注18）

有名人に関するほとんどの物語と同様に、この話からわかるのは、描かれている人物よりも、この話を広めた人たちのことについてであろう。しかし、少なくとも、リチャード三世（だけでなくロミオやハムレットも）を最初に演じた有名な役者であるリチャード・バーベッジは、この悪役のせいで、役者としての魅力を失ったりしなかったことはわかる。

この劇は、当時から激しい興味を惹き起こしたようだ。一五九二年ないし一五九三年に初演された『リチャード三世』は、シェイクスピアの存命中に五回もクォート版で出版されている。その悪党――「この生まれそこないの出来そこない、大地を掘り返す豚」（第一幕第三場二二六七行）、「この毒を吐くせむしの蟇蛙《ひきがえる》」（第一幕第三場二四五行）、そして自らが言っているように、この世に送り込まれた「寸足らずの歪んだ」心ない犬（第一幕第一場二〇行）――には、何世代にも亘る俳優や、観客や、読者にとって、抗しがたい不思議な魅力があったようだ。私たちの中の何かが、このおぞましい権力への上昇の一瞬一瞬を楽しむのだ。

第6章　勝ち誇る暴君

暴君が権力の座へとのぼっていけば悲惨な事態となるものの、やや喜劇的な側面もある。暴君に押しのけられ、踏みつけられた人たちは、たいてい脛《すね》に傷持つ身であり、世をすねて腐敗していたりする。見るも無残な運命を辿《たど》るにしても、当然の報いを受けるわけだ。観客は、暴君が虚勢を張ったり共謀したり裏切ったりしてトップにのぼりつめるさまを見ると、いわば一時的に道徳を忘れて楽しんでしまう。

しかし、一旦リチャードがその生涯をかけた目標に到達すると――シェイクスピアの劇では第三幕の終わりだ――笑いは急に固まる。リチャードが勝利していくのが楽しいのは、ほとんどありえない展開がおもしろいからだ。いつまでも勝ち続けると、グロテスクな幻滅となってしまう。リチャードにはどうやら暗黒のパワーという奇蹟の力はあるものの、国を統治していく準備はまったくできていないのだ。

暴君の勝利は、敵を抹殺していきながら紡がれていく嘘やいんちきの約束に基づいている。暴君を王座へと導く巧みな戦略には、王国をどう統治するかという視座はなく、その視座を作ってくれそうな顧問官を集めることもできない。暴君が頼れるのは、ロンドン市長のような暗示にかかりやすい役人であるとか、代書人のように怯えた事務官とかでしかなく、それも一時的でしかない。新しい支配者には、統治能力もなければ外交手腕もなく、取り巻き連中の誰も、リチャードに明確に欠けているものを補ってくれることもない。母親にさえ嫌われるのだ。妻のアンは、彼を恐れ、憎んでいる。ケイツビーやラトクリフのような皮肉な使い走りは、政治家になれやしない。社会的に高い立場にいても、リチャードが命令を実行させるべく雇うチンピラと大差ないのだ。スタンリー卿には、熟慮ある忠告者として一目置ける――劇は、卿がいやいやながら王の意向に従う様子を描いている――が、卿が前に見た悪夢が示唆しているように、卿は「猪《いのしし》」をずっと恐れており、成り上がり体制の楔《くさび》となることを期待することはできない。密かに、その体制の宿敵と通じているのだ。

リチャードの支配を維持させる可能性が高いのは、リチャードと長年手を結んできた共犯者の親族バッキンガム公である。この抜け目のない公爵は、リチャードの政治活動の黒幕であり、現実の敵ないし敵となりえる者を次々と葬り去るのに手を貸してきた。「この高みに王リチャードがのぼるのも、／おまえの忠告と協力のおかげだ」と、新たに王座に就いた暴君はバッキンガム公に告げる(『リチャード三世』第四幕第二場三〜四行)。しかしながら、こうして恩があることを認めるのは、さらに忠告と協力を求めようという予告だ。

リチャードは、話を聞かれないように、注意深くほかの者を下がらせているにもかかわらず、自分の望みを言い出しにくそうにする。「幼いエドワードは生きている」と、リチャードは亡き王の後継者に言及する。弟と一緒にロンドン塔にとどめおかれている王子のことだ。「俺の言いたいことはわかるな」(第四幕第二場一〇行)。しかし、バッキンガム公は、相手の言いたいことがわかっているにもかかわらず、自分から口にするのを頑として拒む。リチャードは、いらいらして、ついにはっきり言わざるをえなくなる。

なあ、バッキンガム、昔はそんなに鈍感ではなかったぞ。
はっきり言おうか。あの私生児どもに死んでもらいたいのだ。
それもさっさと始末してもらいたい。
さあ、何と返事する? すぐに、手短に答えろ。

(第四幕第二場一七〜二〇行)

バッキンガム公の返事は、そっけなさの典型だ──「御意のままに」。しかし、それでは暴君の欲しいものは手に入らない。リチャードはもう一度、しゃくなことに、さっきの問いをよりはっきりと言わざるをえなくなる。「あいつらを殺すことにおまえも同意してくれるか」

──バッキンガム公は、部屋から抜け出す前に、ふたたび直接的な答えを避ける。「少し息をつかせてください。しばしのご猶予を。／はっきりとしたお返事を致しますから」(第四幕第二場二一〜二四行)。

リチャードは、バッキンガム公にその手で子供たちを殺せと言っているわけではない。ふさわしい殺し屋ぐらいすぐに見つけられるとわかっているからだ。リチャードは誰かの許可が必要なわけではない。暴君がその主たる味方に「同意」を求めるのは、許可がほしいわけではなく、共謀者になれという意味だ。

リチャードはその統治のはじまりという重要な時に仲間の忠誠心を確かめたかったのであり、その忠誠心は、バッキンガム公自身をおぞましい犯罪の共犯とすることで保証される。バッキンガム公のほうから子供たちを殺そうともちかけてくれたほうがずっとよかったものの──それゆえ、リチャードは自分から言い出さずにいらいらするのだが──ただ「それがよい」とさえ言ってくれれば十分安心できたのだ。ところが、バッキンガム公はのらりくらりとして、リチャードは我慢がならなくなる。「王はお怒りだ」と、遠くから見守っていたケイツビーが言う。「見ろ、唇を嚙んでおられる」(第四幕第二場二七行)。

この短いやり取りは、シェイクスピアがイメージする暴君の統治の主たる特徴のいくつかを示してくれる。暴君は、ほとんど満足することがないのだ。確かに望んでいた地位を得たものの、それをつかみとったからといって、うまく統治ができるわけではない。どんな快楽が得られるかと想像していたかわからぬが、結局は欲求不満、怒り、身を削るような不安へと変わってしまう。しかも、権力の掌握は、決して安泰ではない。自分の立場を強化するために常にやらなければならないことがあり、犯罪によって目標に到達したがゆえに、さらなる犯罪が必要となる。暴君は、自分の内輪の者たちの忠誠が気になってならないが、仲間から裏切られないという絶対の自信はもてない。暴君に仕えるのは、暴君と同様に自分のことしか考えない悪党だけだ。いずれにせよ、暴君は正直な忠誠だの、冷静で偏見のない判断だのに興味はない。むしろ、追従と確認、そして従順さがほしいのだ。

シェイクスピアの描くジュリアス・シーザーが「若いキャシアスは、痩せていて、ひもじそうな顔をしている。やつは考えすぎる。そういうやつは危険だ」と言う台詞は有名だ（『ジュリアス・シーザー』第一幕第二場一九四～九五行）。アントニーは、シーザーを安心させようとして言う――「あいつは危険じゃありませんよ」――しかし、シーザーは納得しない。「あいつは本を読みすぎる。／よく観察していて、人の行動の／裏を読む」（第一幕第二場一九六、二〇一～三行）。そんな連中には、まわりにいてほしくないのだ。「俺のまわりにいるのは、太った男だけにしろ。／髪をきれいになでつけ、夜はよく眠るようなやつらがいい」(第一幕第二場一九二〜九三行)。

世界の頂点に立ったリチャードも、同様の結論に達する。「見透かすような目で／俺の顔を覗き込むようなやつはたくさんだ」(『リチャード三世』第四幕第二場二九〜三〇行)。バッキンガム公は、「用心深くなりおった」(第四幕第二場三一行)。そして、用心深さは、潜在的に危険だ。しばらく考えてからバッキンガム公が戻ってくると、リチャードは手で追い払う。もはや「同意」してくれようがくれまいが、どうでもいいのだ。そして、かつての同志が、いろいろな尽力に対して約束された報酬を繰り返し求めると、リチャードは断乎として出て行けと言う——「うるさい。そういう気分ではないのだ」(第四幕第二場九九行)。ほかの大勢の連中を陥れたり、裏切ったりといったことを一緒にやってきたバッキンガム公は、この凶兆の意味をはっきりと読み取って、命を落とす前に逃げ出す決意をするが、その努力もむなしく、やがて捕まり、処刑される。

自分の秘密をかつての腹心にも打ち明けられないとなると、リチャードは重要な政略的な手立てを自分で講じていかざるを得ない。本人が言うように、「いずれこちらの不利になりそうなあらゆる芽をつぶしておかねばならん」(第四幕第二場五九行)というわけだ。暴君は、まさに希望の敵だ。運に見放されて「金に誘われれば」何でもやってやるという「不満を抱いた紳士」を見つけて、リチャードはあの二人の王子を殺させる(第四幕第二場三六〜三九行)。二人が死ねば、亡くなったエドワード王の後継者はたった一人の幼い娘だけとなる。リチャードは、その娘と結婚することで、自分の脆《もろ》い王座を強化しようと考える。「王子たちを殺し、その姉と結婚する」と、リチャードは考える——「こいつは危ない橋だ」(第四幕第二場六二〜六三行)。不確かかもしれないが、それがなければ、本人が言うとおり、「わが王国の土台は脆いガラス」(第四幕第二場六一行)なのだ。もちろん、リチャードは既婚であるが、アン王妃が病気だという噂を広めろとケイツビーに指示する。いつもなら即座に応じるケイツビーが一瞬ためらうと、リチャードは、いらいらと怒鳴る。「何をぼうっとしている! もう一度言うぞ、/王妃アンが瀕死《ひんし》の重態、そう触れ回るのだ」(第四幕第二場五六〜五七行)。

いらいらは、シェイクスピアの見立てでは、権力を握った暴君が必ず見せる特質だ。自分がそうしてもらいたいと思うことは、いちいち口にするまでもなく、さっさと実行してもらいたいと思っている。次々にいろいろなことが起こり、たいていは警戒しなければならないことなので、時間はもはや味方ではない。遅れが命取りとなる。何もかも急いでしなければならず、考える暇もない。かつては残酷なまでに有能だったリチャードが少々気がふれてきているように見える様子は、二人の部下たちとの慌ただしいやり取りにうかがえる。

リチャード王　足の速い者をノーフォーク公爵のところに走らせろ。
　ラトクリフ、おまえでもケイツビーでもいい――やつはどこだ。
ケイツビー　ここです、陛下。
リチャード王　　　　ケイツビー、公爵のもとへ走れ。
ケイツビー　はい、陛下。
リチャード王　ラトクリフ、ここへ来い。大至急、ソールズベリーへ走れ。
　向こうへ着いたら――〔ケイツビーに〕ぼけっとするな、
　馬鹿野郎！　何をぐずぐずしている。公爵のもとへ行かぬか。
ケイツビー　まず、陛下、御用向きを伺いませんことには。
　何とお伝えすればよろしいのでしょう。
リチャード王　ああ、そうだな、賢いぞ、ケイツビー！
　すぐにできる限りの強大な兵力を集め、
　直ちにソールズベリーへ行き、俺と合流しろと言え。
〔ケイツビー退場。〕

（第四幕第四場四四〇〜四五一行）

この直後、リチャードは、同じようないらいらと要領の悪さをラトクリフを相手にも披露し、不穏な知らせが次々に届く。こちらへ侵攻する艦隊が沖合に見えたとか、強力な貴族が地方でリチャードに抗うために軍を召集しているとか、別な方面から別の敵が勢力を増しているとか、報告が次々入る。いらいらが爆発して、リチャードは次にやってきた使者を、また警戒すべき情報を持ってきたと思い込んで「これでもくらえ」と殴り、「もっとましな知らせを持ってこい」（第四幕第四場五〇八行）と叫ぶ。しかし、今度の知らせは吉報だった。孤立無援の暴君でさえ、ほっとする時もないわけではない。

そうしたことが起こっているあいだ、リチャードは幼い姪と結婚する計画を進める。それによって、シェイクスピアは暴君のもう一つの特徴を明らかにしている。すなわち、まったくの厚顔無恥だ。亡くなった王の妃エリザベスの二人の息子を殺しておきながら、リチャードは臆面もなく妃に近づき、その娘と結婚したいと言う。自分の犯罪を否認することすらせず、妃の子供たちを殺した償《つぐな》いに孫を作ってやろうと言うのだ！

あなたの胎《はら》を痛めた子供を私が殺したというなら、
それを生き返らせるべく、
あなたの血を引く私の子供を娘御に産ませよう。
（第四幕第四場二九六〜九八行）

エリザベスが嫌悪し、虫唾《むしず》が走る思いをしようが、リチャードはまったく意に介しない。どんなひどいことをやってもだいじょうぶと思い込み、とんでもない提案や嘘でもって、どんどん前へ進もうとする。「おまえは私の子供を殺した」と妃は繰り返すが、リチャードの自信に満ちた返答は、その提案の病んだ不条理さを一層明確にする。

娘御の胎に埋めてやったのだ。
その不死鳥の巣で、子供たちは
ふたたび蘇《よみがえ》り、あなたの慰めとなろう。
（第四幕第四場四二三〜二五行）

エリザベスが、逃げようとして、この申し出について娘に話をする同意をすると、リチャードはかつてアンの憎悪を押さえつけたときと同様にふたたび勝利したと思い込む。どんな女からも、相手がどんなに抵抗しようと、何でも好きなものを奪えると思っているのだ。その考えは、女性嫌悪と軽蔑の念を生む。「軟弱な愚か者、浅はかな、気の変わりやすい女だ！」（第四幕第四場四三一行）。しかし、縛り首の縄が暴君の首にかかって締まりはじめるのは、まさにこのときである。エリザベスは、娘をリチャードに差し出すつもりなど毛頭なく、すでにリチャードの主たる敵であるリッチモンド伯と通じており、伯が侵攻させている軍は暴君を頂点から叩き落とし、暴君は二度と立ち直ることはできなくなる。

リッチモンド伯がリチャードを倒して勝利する運命の戦いとなるボズワースの戦いの前夜の場面で、シェイクスピアは、もう一つの暴君の特質を垣間見せてくれる。すなわち、絶対的な孤独だ。部下のケイツビーとラトクリフと一緒に戦略を確認し、命令を出すものの、リチャードが本当に心を許せる者は、その二人はおろか、誰もいない。誰も自分を愛していないことはずっとわかっており、自分が死んでも誰も嘆かないと知っていた。「俺が死んでも、誰一人哀れに思ってくれやしない」（第五幕第三場二〇一行）。それも当たり前だ。「この俺自身、／自分を哀れに思う気持ちなど微塵《みじん》もないのだから」（第五幕第三場二〇二～三行）。リチャードは夢の中で、自分が裏切って殺した人たちの亡霊に苦しめられる。リチャードに絶対欠けている良心の代わりとなって、亡霊たちが彼を責めるのだ。しかし、リチャードには最もつらい重荷がある

――自己嫌悪という重荷だ――それも、夢でなく、はっきりと覚醒して一人きりのときに感じるのである。

この劇はシェイクスピアの若書きであり、矛盾する内面を描く腕前はまだ磨かれていなかった。リチャードに与えた独白は、かなりぎくしゃくとした内面吐露であり、まるで二人で喧嘩をしている人形劇のようになっている。

俺は何を恐れている？　自分か？　他に誰もいない。
リチャードはリチャードを愛している。そうさ、俺は俺だ。
人殺しでもいるというのか。いやしない。いや、俺がそうだ。
じゃ逃げるか。なに、自分から？　何だってまた？
自分に復讐されないようにか？　え？　自分が自分に？
ああ、俺は自分を愛している。なぜだ？
何か自分にいいことでもしてやったか？
とんでもない、ああ、俺はむしろ自分が憎い。

（第五幕第三場一八二～八九行）

それからわずか数年で、シェイクスピアは、ブルータス、ハムレット、マクベスなどに内面を与えるようになり、ここでやったような書き方に戻ることはなかった。しかし、ひょっとするとリチャードの図式的な言葉は、単に心理的に矛盾する気持ち――俺は自分を愛している、俺は自分を嫌っている――を伝えるだけでなく、痛々しい心の空虚さをも伝えているのかもしれない。まるで暴君の心を覗き込んでみると、そこには実は何もなく、成長もしなければ輝くこともない自己の縮こまった痕跡だけがあるかのようである。

二〇一二年、イングランドのミッドランド地方にあるレスター市の駐車場建設現場から、人間の骸骨を収めた朽ちた棺が出土した。放射性炭素年代測定と、ヨーク家の現代の子孫から得た遺伝子データの研究により、問題の遺体はリチャード三世のものであるとわかり、かなり大きなニュースとなった。レスター大学での記者会見には、七か国から百四十名の正規のジャーナリストやカメラマンたちが押しかけた。一同が厳《おごそ》かに案内された一室には、図書館のテーブル四つを合わせて黒のベルベットの布を仰々しく敷いた上に、一四八三年からその二年後に三十二歳で戦死するまで王座に就いていた王の骨が置かれていた。

シェイクスピアの劇では、リチャードは馬に乗っている最中に馬を刺殺され、「馬だ、馬だ、王国をくれてやるから馬をよこせ！」（第五幕第四場七行）と繰り返し叫び、新しい馬に乗れないまま、敵リッチモンド伯と渡り合おうとして徒歩で戦場を歩きまわる。ついに二人が出会うと、一騎打ちとなり、リチャードが殺される。「勝利は我らのもの。血に餓えた犬は死んだ」（第五幕第五場二行）とリッチモンド伯は宣言する。史実では、工事現場から偶然出土した骨が示すとおり、リチャードの最期はそうではなかった。リチャードの頭蓋骨の底部は、中世後期の兵士に好まれたぞっとする二股の槍と思われるもので強打されて砕かれている。つまり、王は背後から刺されて殺されたと思われるのであり、「恥の負傷」と呼ばれる刺し傷——勝者がこれでも食らえと興奮状態で敵の臀部やその他の箇所に加える傷——が骨には残っていた。しかし、五百年後になってついに明るみになった証拠のうち最も興味深いのは、背骨が驚くべきS字型に彎曲していたことだ。この肉体的歪みは、こうして世界のニュースで伝えられた人物がリチャード三世であることをはっきりと示したのだ。それは、比較的知られていない史実のリチャードではなく、シェイクスピアが創造してロンドンの舞台に解き放った忘れがたい暴君としてのリチャードだった。

第7章　唆す者

『リチャード三世』を書いてから約十五年後、シェイクスピアは、暴君の権力を求めながらそれに苦しむ捻じれた自己像の描写に立ち戻る。ダンカン王を裏切り、暗殺して血に浸るところから絶望の末に果てるまで、マクベスはシェイクスピアの描いた最も有名にして記憶に残る暴君である。しかし、今度は、暴君の核にある孤独、自己嫌悪、空虚さは、肉体的奇形と何の関係もない。マクベスは、性的魅力に欠けているのを補おうと権力をふるうわけでもなければ、抑えがたい怒りに満ちているわけでもなく、幼い頃から愛想のよさや敬虔さという偽の仮面をつけて真の感情を隠す習慣があったわけでもない。しかも、奇妙なことに、心から王になりたかったわけでもないのだ。

リチャードと違って、マクベスはあらゆる障害を乗り越えて絶対権力を手に入れようとずっと夢を抱いたりしていない。三人の魔女たちの気味の悪い挨拶――「万歳、マクベス、やがて王となるお方!」(『マクベス』第一幕第三場五一行)――に驚き、自分が王冠を戴くと言われて、そうなってほしいと望むと言うよりは、恐怖に身を震わせるのだ。と言うのも、リチャードが道徳的な義務や普通の人間的感情にとらわれないことを誇りにしている――「涙を流すような憐憫の情は俺の目にはない」(第四幕第二場六三行)――のとは逆に、マクベスは、そうしたことをかなり気にしているのだ。マクベス将軍は、ダンカン王の治世を忠実に守ってきた、仲間意識が強く信頼の厚い軍指導者なのである。ダンカン王が不運にもマクベスの城を訪れることにしたとき、マクベスは、自分の中に目覚めた謀叛の幻想に心を動かされるものの、忠誠を誓った主君を家に迎えておきながら襲うという考えに恐れを抱く。主君は自分の忠勤にたっぷり褒美をくれたし、模範的な誠実さをもってその権威を行使しているのだから。マクベスは考える。ダンカン王は、

王でありながら謙虚で温厚、国を治めれば
公明正大。それゆえ、その美徳は、
ラッパを吹き鳴らす天使のように、
王殺しの非道を高らかに訴えるだろう。そして、
憐れみが、生まれたばかりの裸の赤子の姿を借りて
疾風にまたがり、あるいは天のケルビムたちのように、
目に見えぬ天馬に乗って、おぞましい所業を

皆の目に吹きつけるだろう、涙の雨で風が凪《な》ぐまで。
（第一幕第七場一七〜二五行）

こうしてマクベスが深く苦しみながら自分自身に語る言葉には、リチャード三世の唇から洩れる言葉とは雲泥の差がある。心理的、道徳的地平が違っているのだ。自分が忠誠を誓った王を殺すと考えただけで、マクベスの髪の毛は逆立ち、不安で動悸が激しくなり、頭は激しく混乱してめまいがしてくる。

まだ殺人を想像しただけなのに、その思いは
この体をがたつかせる。思っただけで
五感の働きがとまってしまう。あると思えるものは、
実際にはありもしないものだけだ。
（第一幕第三場一四一〜四四行）

マクベスは、「へそから顎まで」敵を切り裂くような、恐れを知らぬ戦士ではあるが、謀叛を考えただけで自分の体が崩れるような思いになるのだ。
殺人計画を唆す黒幕は、マクベスではなく、その妻だ。夫のことがよくわかっているので、

暴君としての鍵となる要素に欠けていると心配し、夫が二の足を踏むこともわかっている。夫の性格は「人情というお乳にあふれすぎて」(第一幕第五場一五行)いるため、やらねばならぬことができないのではないかと心配する。「今夜の大仕事」(第一幕第五場六六行)と称する計画を思いつくのは、マクベス夫人なのだ。夫に振る舞い方を教え、王の寝室のお付きの者たちに酒を飲ませるのも、夫人だ。マクベスは、完全に戸惑い、躊躇したままだ。なにしろダンカンは王なのだ。マクベスは王の歓待役であり、「人殺しを入れぬよう扉を閉めるのが務め、／自ら短剣を持つ立場にはない」(第一幕第七場一五～一六行)のだ。

運命の時刻が近づくと、マクベスは計画を中止しようとする——「このことは、もう終わりにしよう」(第一幕第七場三一行)——だが、妻が嘲るようにして固執するため、マクベスは続けざるを得なくなる。「さっきまで身につけていらした希望は？／酔っ払っていたの？」と夫人は尋ねる。「勇敢な行為をする自分、／こうありたいと願う自分になるのが怖いのね」(第一幕第七場三五～三六、三九～四一行)。マクベスは、弱いという汚名を拭おうとして、「男にふさわしいことなら何だってやってやる」(第一幕第七場四六行)と言う。だが、夫人はマクベスの男としての気概を衝《つ》いてくる。「やると言ったとき、あなたは男だった。／それ以上のことをやれば、あなたは／男の中の男」(第一幕第七場四九～五一行)。こう唆されて、マクベスは犯行に及ぶのだ。

マクベス夫人が、夫の男らしさをあげつらって、望んだとおりの行動がとれるのかを問題にするとき、シェイクスピアが何度も暴君に描き込んでいる意味が見えてくる。『マクベス』などの劇が示しているのは、暴君は何らかの性的不安に突き動かされているということだ。自分が男であることを示さなければならないという強迫観念、不能への恐怖、自分が十分に魅力的ないし力強いと思われないのではないかという執拗な懸念、失敗への不安。だからこそ、いばりちらしたり、いやらしい女性嫌悪を発揮したり、発作的に暴力をふるったりする。とりわけ陰に陽に性的な揶揄を受けると、ひとたまりもない。

三人の魔女に挨拶された時点から、マクベスはぶれまくるが、夫人は容赦なく、もう取り返しのつかぬことをはじめたのだから後戻りはできないと言い張る。

私はお乳で子供を育てましたから、
乳を吸う赤ん坊がどんなにかわいいか知っています。
その子が私の顔ににこにこ笑いかけているときに、
柔らかい歯茎から乳首をもぎとり、

その脳みそを叩き出してみせます、あなたがしたように、
一旦やると誓ったならば。
（第一幕第七場五四〜五九行）

もっとましな判断もできたはずなのに謀叛へと追い立てられてしまったマクベスは、最後にもう一度だけ必死にとどまろうとする――「もし、しくじったら？」――ところが、夫人は、この質問を夫に突き返しながら、さらに一押しする。

しくじるですって？
勇気の弓をひきしぼれば、
しくじるものですか。
（第一幕第七場五九〜六一行）

マクベスの返事は驚くべきものだ。「男の子だけを産むがよい。／その恐れを知らぬ気性は、／男だけを作るべきだ」（第一幕第七場七二〜七四行）。しかし、このとき妻から与えられた役割を受け入れた瞬間、事実上、運命は決まったのだ。「よし、やろう」（第一幕第七場七九行）と、彼は言う。暴君の誕生だ。

一旦その行為に及び、夫人が夫に手に入れるよう求めていた「王者としての権力」(第一幕第五場六八行)を手にしてしまうと、リチャードとのあいだにあった心理的かつ道徳的溝は急速に埋まっていく。謀叛など考えただけでうろたえていたマクベスは、今や一番の親友さえも葬り去ろうと殺し屋を雇うのだ。かつては「武勇の神の申し子」(第一幕第二場一九行)と呼ばれ、恐怖など一切感じたことがなかった男は、とたんにあらゆることに怯えだす。「何だ、あの音は?／どうしちまったんだ、俺は、ちょっとした音にもびくつくのか?」(第二幕第二場六〇〜六一行)。これまで自分の考えを隠せなかった——「あなたのお顔は、まるでご本ね、／不思議なことが書いてある」(第一幕第五場六〇〜六一行)——のに、今やその顔は欺瞞と嘘に埋もれていく。

リチャードの嘘と同様、誰にも信じられない嘘だ。「心にもない悲しみを示すのは、偽る者が／やすやすとやってのけることだ」(第二幕第三場一三三〜三四行)と、ダンカン王の長男マルカムは弟に囁く。「ここでは笑顔の陰に、／短剣が潜《ひそ》む」(第二幕第三場一三六〜三七行)と弟も同意する。リチャードの王国に生き残った用心深い者たちのように、二人は命からがら抜け出す。

スコットランドにとどまる者たちは、マクベスに教えられた公式の話を繰り返す。すなわち、ダンカン王はお付きの者たちに殺されたのであり、そうさせたのは今逃げたばかりの二人の王子たちだと。お付きの者たちを尋問することはできない。なぜなら、マクベスが――殺された王に対する「わが激しい愛」ゆえにカッとなって――殺してしまったからだ。新しい体制にとっては、都合のよいでっちあげであり、これによって正規の戴冠式を執り行うことができ、マクベスの統治にうっすらと正当性を与えることになる。暴君の権力は、古い秩序がまだあるときのほうが有効だ。皆の同意で物事が決まるような安心な構造は骨抜きとなり、単なる飾りとなるが、まだ存在はするので、心理的な安心と安寧を求める傍観者は、法の支配が続いていると錯覚できるのだ。

いずれにせよ、マクベスの友人バンクォーには、何が起こっているのかわかっている。荒れ地で不思議な予言がなされたときにそこにいたのであり、その予言の一つ一つが実現していくところも見ていた。「とうとう手に入れたな」と、バンクォーは友を思って言う。「王、コーダー、グラームズ、／どれもあの魔女たちが約束したとおりだ。そのために／かなり汚い手を使ったのではないか」(第三幕第一場一～三行)。しかし、主義を貫く男でありながら、バンクォーはこのことを口外するわけでも、逃げるわけでもない。バッキンガム公のような共犯者ではないのだが、マクベスの味方ではあり、自分が単に疑っていることが本当だという証拠はないのだ。そのうえ、予言は、「王を生みはするが、ご自身は王にならぬお方」(第一幕第三場六八行)として、バンクォーにまでもかかっていた。マクベスについて魔女たちが予言したことが実現したなら、それなら「俺への予言も本当になるかもしれぬ。／望みがもてそうだ」(第三幕第一場九〜一〇行)と思うのだ。

友人関係は変化する。マクベスは依然として、これまでの親密さに変わりがないかのようにバンクォーに暖かく話しかけるが、バンクォーは、王冠によって生じた変化を認めて堅苦しく答える。

陛下はただ、
ご命令ください。それに従うのが、
固く結ばれたわが務め。
(第三幕第一場一五〜一八行)

マクベスは、早くも暴君の主たる教訓を学ぶ羽目になったわけだ。つまり、暴君に真の友はいないのである。その何気ないふうを装った問い——「午後はどこかへお出かけか」(第三幕第一場一九行)——は、友殺害を狙う計画への序曲だ。「バンクォーへの恐怖が胸深く突き刺さる」とマクベスは考えてから、殺し屋たちに指示を出し、バンクォーの息子フリーアンスも必ず殺すようにと命じる。フリーアンスが生き延びてしまったら、バンクォーが歴代の王の父祖となるという予言が実現してしまうかもしれないからだ。そうなれば、単に「バンクォーの種を王にするため」(第三幕第一場七〇行)に自らの魂を穢《けが》したことになってしまうと、マクベスは苦々しく考えるのだった。

暴君の個人的な穢れの感覚については、シェイクスピアは『リチャード三世』の最後で示唆しているのみだ——「俺はむしろ自分が憎い、／自分がやったおぞましい所業のせいで！」(第五幕第三場一八八～八九行)。この思いは、最初からマクベスにつきまとっている。しかも、自分の行為を悔やみながら、マクベスは「休まらぬ狂気」(第三幕第二場二二行)、すなわち、何もかもだめにしてしまう不安を常に抱き続ける。あたかもバンクォーだけが幸福の邪魔をしているかのように、マクベスはその不安をバンクォーのせいにする。「俺が恐れるのは／やつだけだ」(第三幕第一場五四～五五行)。しかし、マクベスが妻に打ち明ける内面の苦痛は、友を始末すべく殺し屋を雇ったところで、治《なお》りはしない。

マクベス夫人は、夫の精神状態は二人にとって危険だとわかっている。「何にもならない」と、マクベス夫人は考える。

思いを遂げても、満足できなければ。
殺して悶々と楽しめぬなら、
殺されたほうがまだまし。（第三幕第二場四〜七行）

しかし、夫人はいったい何を期待しているのだろう？　夫人の言葉が認めるとおり、人々を殺し、国全体を崩壊させて、夫は暴君となった。二人の個人的な満足、安寧、喜びが、そのようにして達成できるとどういうわけか思っていたわけだが、その浅はかさは、夫人が殺した王の血をその手から洗い流したときに口にした致命的な浅薄さと同列のものだ──「少しお水があれば証拠なんか消えるわ」（第二幕第二場七〇行）。

夫婦は、夫婦としての親密な絆ゆえに、ダンカン王を殺そうという恐ろしい決断をしてしまうのであり、手に手をたずさえて殺人に及んだ結果、二人にとって夫婦の絆だけが唯一の人間関係となる。しかし、このときにマクベス夫人が夫に言うことは──「あなた、なぜ独りで／くよくよと物思いに沈んでいるの」「やってしまったことは、済んだことです」「明るく楽しく振る舞って」──は何一つ、夫の心の苦しみをなだめはしない。無理に陽気になろうと努め、当たり前の事実を言い聞かせても、夫の苦悩を前にしては虚しいばかりだ。「ああ、俺の心は蠍《さそり》でいっぱいだ」(第三幕第二場三五行)。マクベスは、シェイクスピアの描く夫婦にしてはかなり珍しい愛情表現を使い続けるが、もはやその暗い企みを妻と共有しない。「どうするつもりなの?」夫人はバンクォーのことを尋ねるが、マクベスは答える。「かわいいおまえは知らずともよい。/あとで褒めてもらおう」(第三幕第二場四四〜四五行)。

夫人が褒めてあげる機会はその晩やってくるが、万事うまくいかない。殺し屋たちは戻ってきて、マクベスにバンクォーを殺したと告げる――「頭に二十も風穴をあけられて/どぶの中に、無事、のびています」(第三幕第四場二七〜二八行)――しかし、その息子のほうは「無事」に始末し損ねてしまった。マクベスの反応は、その精神状態を示すと同時に、より一般的に暴君の幻想と苦しみを示している。フリーアンスが逃げたと聞いて、マクベスは言う――「とすれば、病気がぶりかえす」。

さもなければ、
完璧だったのに。大理石の堅固さ、磐石《ばんじゃく》の揺るぎなさ、
万物を蔽《おお》う大気の自由さを手にできたはずだ。
ところが今や、疑惑と恐怖に押し込められ、

閉じ込められ、苦しめられる。

（第三幕第四場二二〜二六行）

「さもなければ、完璧だった」——マクベスは完璧さを求めているのだ。しっかりとした堅固さ、磐石の固さ、さもなければ、大気のように自由自在どこにでも行ける浸透性、不可視性を。どちらにせよ、夢見ているのは、人間的な制限から逃れることだ。マクベスは、それを耐えがたいほどせせこましいと感じている。その渇望はあさましいものであり、ありえない精神的次元の願いとなっているようにさえ思えるが、「完璧」であろうと願うための手段とは、友とその息子を二人とも殺害することだと判明する。

ここで、シェイクスピア作品を通してずっとそうであるように、暴君の態度は病的なナルシシズムに傾く。ほかの連中の命などどうでもよいのだ。重要なのは、自分が「完全」で「揺るぎない」と感じられることだ。宇宙など粉々になるがいいのだ。そうマクベスは妻に語っていた。天地がひっくり返ればいいのだ、

怯えて食事をとり、毎夜うなされ、
ひどい夢に苦しんで眠るくらいなら。

（第三幕第二場一七〜一九行）

確かにそうした夢は実にひどいものであり、そんな夢を見るのが自分のせいだとしても、悪夢に苦しむマクベスに少しは同情できなくもない。しかし、どんな同情も、マクベスが何も彼もどうだっていいと切り捨てる邪悪さを前にしては、白けてしまう。この地球さえどうでもいいと言うのだ——「天も地もばらばらに壊れちまうがいい」(第三幕第二場一六行)。

暴君は、自分が示した邪悪な道に拮抗する道徳的な道を代表する人間を殺しただけではすまない。「あの男は何でもやってのける」と、マクベスはバンクォーについて語る——

その恐れを知らぬ気性。しかも、
知恵があって、勇気をもって
慎重に行動する。

(第三幕第一場五一～五四行)

できるなら、その息子も消さなければならない。専制政治は、今いる者のみならず、これから生まれる世代をも永遠につぶさなければ続かない。マクベスがリチャードのように子供殺しとなるのは偶然ではない。暴君とは、未来の敵なのだ。

しかし、未来も過去も根絶やしにするのは、暴君が考えるほど容易ではない。フリーアンスは逃げおおせる。そして、リチャードが殺した者たちの亡霊に夢の中でつきまとわれたように、マクベスも、妻と催す王家の晩餐で、バンクォーの血まみれの亡霊に悩まされる。亡霊は、暴君の抑圧された良心の象徴として現れるのではなく、むしろ、その心理的崩壊を表すものだ。マクベス夫人はかつてそうしたように、夫の決意を固くしようとする。「それでも男ですか？」と、夫人は、夫の弱さを責めて言う。

ああ、
そんなふうに、びくついて、ありもしないものに
怯えるなんて。冬の炉端でおばあさんが語る怪談に
震え上がるみたいに。恥ずかしい！

（第三幕第四場六四〜六七行）

しかし、かつては「男か」と揶揄されると効果覿面《てきめん》だったのに、その夫婦の結びつきもなくなってしまって、マクベスの恐怖はただ増すばかりとなる。その狂乱状態を目撃し、そのあらぬ言葉を耳にした者たちは、王はかなりまずいことになっていると気がつく。

晩餐会の客たちは、専制政治において必ず頻出するものとしてシェイクスピアが描く問題に直面する。すなわち、特権的な立場にある者たちは、指導者が精神的に不安定であるとはっきり見てとるのだ。マクベスがいよいよおかしくなると、ロスは「陛下のお具合がよくない」(第三幕第四場五三行)とあえて口にするが、どうしたらよいものか？　マクベス夫人は、夫はこれまでもこんな発作を起こしていたのだと言って、「主人はよくこうなるのです。／若い頃からそうでした」(第三幕第四場五四〜五五行)とごまかそうとする。この暴露がどんなに驚くべきものであれ、マクベスが有能でしっかりと政治が行えていた裏にそんな発作があったことを示唆するわけだから、精神病に今かかったとするよりまだましというわけだ。この発作のせいで暴君の犯した悪事がばれそうになったとき、初めてマクベス夫人は、急いで客たちを帰らせようとする。「さあ直ちに、お別れしましょう。／ご退出の順番などにおかまいなく。／すぐにお帰りください」(第三幕第四場一一〇〜一一一行)。夫が自分の罪をばらしてしまうような言葉をこれ以上聞かせまいとするのである。

ようやく夫婦二人きりになると、夫人は夫の譫言《うわごと》——「あれは血を求めているのだ。血は血を呼ぶ」(第三幕第四場一二四行)——に静かに耳を傾け、責めもしなければ、慰めもしない。まるで二人のあいだの何かが死んでしまったかのように。マクベスは、招待を断ったマクダフについて新しい疑念の種を明かす。夫人は、奇妙によそよそしい言い方で、「使いを出してお確かめになったのですか」と尋ねる。マクベスは、あちこちにスパイを放ってあると告げ、今度は魔女たちを訪ねて、もっと聞き出してやると言う。それについて夫人は何も言わず、マクベスはもう一度暴君の恐ろしいまでのナルシシズムを吐露する。すべてが自分の思いどおりにならなければならないという思いだ。「自分のためなら、何だってやってやる」(第三幕第四場一三七〜三八行)。そう平然とマクベスは言ってのけるが、夫人はやはり何も言わず、マクベスはまるで心の中の問答を声に出すかのように、もはや後戻りはできないと苦々しくその思いを固める。「ここまで血の川に浸りきったら、もはや先に進みたくなくとも、／今更引き返せぬ、渡り切るのみだ」(第三幕第四場一三八〜四〇行)。

原文では「引き返すのは、渡り切るのと同じくらい面倒だ(tedious)」と、「面倒」という語が用いられているが、この語はマクベスが今いる悪夢のような状態を表すのにふさわしい。道徳を考えたり、戦略を練ったり、基本的な情報活動などどうでもよくなって、ただ何とかしようとあがくのみだ。立ち止まって考えたりせず、衝動的にやってしまったほうがいいのだ。「頭に浮かぶ奇妙な思いが実行を求めている。／やるしかない。考えるのはあとだ」(第三幕第四場一四一〜四二行)。ここに至って初めてマクベス夫人は、かつての夫婦の親密さを思い出させるような言葉を発する――「あなたに必要なのは、自然の妙薬、眠りです」(第三幕第四場一四三行)。それには夫も同意する。「よし、眠ろう。」これが、この劇における夫婦の会話の最後となる。

その先にあるのは、安心と安全を求める必死のあがきだ。魔女たちの曖昧にして当てにならぬ予言を信じたいと欲し、イングランドへ逃亡したマクダフの妻子を殺せと命じるという筆舌に尽くしがたいほど邪悪な決断を下す。不安と、過剰な自信と、殺意に満ちた怒りは、眠りにつくときの伴侶としては異様な組み合わせだが、すべて暴君の心に同居している。従者や協力者はいても、結局は孤独なのだ。制度的な抑制はすべて機能しなくなっている。国家の支配者はもとより普通の人間が真夜中にわけのわからない指令を出したり突如あらぬことを衝動的にしたりしないようにする内的外的な歯止めが利かなくなっているのだ。「これからは、心に浮かんだその瞬間に／手を動かすことにしよう。今すぐにも、思考を行動で仕上げるべく、思ったらやるぞ」(第四幕第一場一四五〜四六行)と、マクベスは宣言する。

これまで人生を共にしてきた夫人は、もはや彼の人生の一部ではない。有名な夢遊病の場面で、夫人は自分の内なる悪魔と葛藤するが、彼女が「消えろ、忌まわしい染み。消えろったら」(第五幕第一場三一行)と口走って、手を洗おうと狂乱状態になるのを見守るのが夫ではないのは意味深い。見守るのは医者と侍女だ。奥様がお亡くなりになりましたと知らされると、戦闘態勢に入っていたマクベスは、あまり反応しない――「何も今死ななくてもよかったものを。／そう聞かされるにふさわしい時がもっとあとにあったはずだ」（第五幕第五場一七～一八行）。

そのあとには、暴君になるとどんな思いがするものかを理解しようとするシェイクスピアの最も熟達した考え抜かれた試みが続く。マクベスは、自分が人々に嫌われていると自覚し、マクベスという名前についてマルコムが言うとおり、「その名を言うだけでも舌が穢れる」（第四幕第三場一二行）とわかっている。自分が王になるにふさわしい男ではないことは最初から――ダンカン王を裏切って殺す以前から――わかっていたことなのだ。マクベスは、その登りつめた地位にふさわしいあらゆる飾りを身につけてはいるが、似合ってはおらず、不恰好さが目立つばかりだ。「もはや王という称号は／やつからずり落ちそうだ。こびとの泥棒が着た／巨人の衣装さながらに」（第五幕第二場二〇～二二行）と、家臣の一人が述べる。かつては長い王家の系譜を作り出す夢もあった――「男の子だけを産むがよい」と妻に語ったときもあった――が、もはやそれもありえない。これから先の人生は、やってくる敵を片っ端から倒せたとしても、暗澹たるものだ。

この年なら当然持っていてしかるべきの
栄誉、愛、従順、大勢の友人など
もはや持つことはかなわぬ。その代わりにあるのは、
声には出されぬ深い呪い、口先ばかりの敬意、追従だ。
嘘とわかっていても、弱い心は受け入れてしまう。

（第五幕第三場二四〜二八行）

王位に就いていても、「口先ばかりの敬意」――賞賛の言葉を述べざるを得ない立場の人たちの虚しいおべっか――しか受ける望みはないのだ。

『リチャード三世』において、シェイクスピアは、四面楚歌の暴君が自己愛と自己嫌悪に引き裂かれる様子を想像した。『マクベス』では、さらに深い試みがなされている。裏切り、空虚な言葉、あまりにも多くの無実の人の流血は、いったい何のためだったのか？　現代の暴君たちがそのような深い認識の瞬間を持つことなど考えられないだろう。だが、マクベスは、自らの身にもたらしたものを、ひるまずに口にする。

明日《あした》、また明日、そしてまた明日と、

記録される人生最後の瞬間を目指して、
時はとぼとぼと毎日歩みを刻んで行く。
そして昨日という日々は、阿呆どもが死に至る塵《ちり》の道を
照らし出したにすぎぬ。消えろ、消えろ、束の間の灯火《ともしび》！
人生は歩く影法師。哀れな役者だ、
出番のあいだは大見得切って騒ぎ立てるが、
そのあとは、ぱったり沙汰止み、音もない。
白痴の語る物語。何やら喚《わめ》きたててはいるが、
何の意味もありはしない。

（第五幕第五場一九〜二八行）

こうしてマクベスは、完全な無意味さを味わうという凄まじい経験をするわけだが、これは現代の不条理演劇で示されるような人間の存在論的無意味さとは異なる。これはまさに暴君の運命なのであって、「暴君」というその言葉は、この劇の最後で何度も繰り返されることになる。

バーナムの森がダンシネーンにやってくるまでマクベスは倒されることはないという魔女の

保証が単なるトリックだとわかったあとで、絶望した暴君は、自分がその妻子を殺した男マクダフとついに対面する。最初戦いたがらないマクベスに対して、相手は「生きて世間の見世物、さらし者となれ」（第五幕第七場五四行）と命じる。確かに、マクダフがマクベスに与えうる最悪の恥辱とは、見世物でございと旗を掲げてマクベスを世間の目にさらすことなのだ。

めずらしい化け物のように、
柱に絵看板をぶらさげて、こう書いてやる、
「こちらにござるは暴君なり」と。
（第五幕第七場五五～五七行）

「もう恐怖の味はなめつくした」と言うマクベスは、絶望のどん底にあるにもかかわらず、このように祭りの笑いものになるような終わり方は耐えがたく恥辱的に感じる。友も子もなく完全に孤独で、もはやしがみつくものは空っぽの人生しかなく、その人生も、自ら荒涼たる言葉で語ったように、「黄色い枯れ葉に変わった」のだ。マクベスは戦い、殺される。マクダフは自ら斬り落とした「呪われた首」を掲げ、専制政治の終焉を告げる。「自由な時代が来たのだ」（第五幕第七場八五行）と。

第8章　位高き者の狂気

リチャード三世もマクベスも、邪魔になる正統な王を殺すことによって権力の座に就いた犯罪者である。しかし、シェイクスピアは、もっとじわじわと進行する問題にも興味を覚えた。最初は正統な支配者であったのに、精神的不安定さのために暴君のように振る舞い出す人たちが惹き起こす問題だ。そうした連中が国民に与える恐怖、ひいては自らに与える恐怖は、精神疾患によるものだ。そのまわりには思慮深い顧問官や味方や、健全な自衛本能をもって国家を慮《おもんぱか》る人々もいるだろうが、そうした人たちが狂気ゆえの専制政治に対抗するのは極めてむずかしい。予期していなかったことだし、これまでの長きに亘《わた》る忠誠や信頼ゆえに、王に唯々諾々と従う癖がついていているからだ。

『リア王』が描くブリテンでは、老いた王が、暴君のような子供じみたわがままを示しはじめたとき、当初誰も何も言おうとはしない。「この老いた身より、あらゆる苦労と実務とを若き力へ委ねる」(『リア王』第一幕第一場三七〜三八行)として引退を決意した王は、宮廷人たちを集めて、その「決意」を明らかにする。王国を三分割して、王への追従を言う能力に応じて娘たちに分け与えるというのである。

教えてくれ、わが娘たち。
（これより、政治も、領土の権利も、国家への
気配りも、すべてこの身より脱ぎ捨てるがゆえ、）
おまえたちの誰が、わしを最も愛しているか。
それに応じて最大の褒美をやろう。
愛情が大きければ、見返りも大きいぞ。

（第一幕第一場四六〜五一行）

この思いつきは常軌を逸しているが、誰も口を出すことはない。このグロテスクな愛情合戦を見守る人々が黙っているのは、これは形式的な儀式にすぎず、引退に当たってこの独裁者の虚栄を満足させるにすぎないと信じているからなのかもしれない。結局のところ、最も地位の高い貴族の一人、グロスター伯爵は、厳正に王国の分割の仕方を検討した末の地図をすでに目にしていることを、この劇がはじまる時点で述べているのだ。そしてリア王の長い治世の終わりとなった今、この偉大なる指導者が自分が誉めそやされるのを大いに聞きたがっても、またかと思っているのかもしれない。内心おやおやと思っていても、一

同は席を立ちもせず、求められる「口先ばかりの敬意」を表明し、王にお仕えできる幸せ、その御恩への深い感謝を表明し、「この目より、何不自由ないこの身より」ずっと王を大切に思っていると語る(第一幕第一場五四行)。

しかし、リアのお気に入りの末娘コーディーリアがこの胸の悪くなるようなゲームを拒絶すると、とたんにひどく深刻になる。「私は、子として陛下を愛しております。それ以上でも以下でもありません」(第一幕第一場九〇〜九一行)と言うコーディーリアの、信念に基づいた扱いにくさに怒ったリアは、娘を勘当して呪う。それからようやく、リアの振る舞いに反対の声が公然とあがるが、声をあげるのはケント伯爵ひとりだけだ。忠実なケント伯爵は、当然の儀式的な礼儀をもって話しはじめるが、リアは唐突に伯爵の発言をやめさせる。すると伯爵は、宮廷風態度を払いのけて直言する。

どうするつもりだ、ご老体?
権力が追従に頭を下げるとき、忠義が
恐れて黙るとお思いか? 王が愚行に走るとき、
名誉は歯に衣《きぬ》着せぬ。国をお渡しなさいますな。

とくと熟慮のうえ、あまりに無謀なこの軽率なご処分を
お取消しください。
（第一幕第一場一四三～四九行）

宮廷にはほかにも責任のある大人たちはいた。この様子を見守る中に、王の長女ゴネリルとその夫オールバニ公爵、次女リーガンとその夫コーンウォール公爵がいたが、その誰一人、あるいは従者たちの誰もこの抗議を支持しなかったし、やんわりとした反対意見さえ口にしなかった。ケント伯だけが、誰の目にも明らかなことを大胆に明言する。「リアは常軌を逸している」（第一幕第一場一四三行）と。その率直さのために、真実を告げたケント伯は王国から永久に追放され、留まれば死だと告げられる。それでも誰一人声をあげない。

リアの宮廷は、深刻な、恐らくは克服不能な問題を抱えている。この劇が設定されている紀元前八世紀頃という遠い昔には、ブリテンには議会制度や政府機関といったものがなかったようだ——国会、枢密院、理事、高僧などが王権を抑えたり弱めたりすることはなかった。王は、家族や忠実な家臣や召し使いに囲まれて、忠告を求めたり受けたりすることはできても、重要な決定権は王だけにあった。王が自らの希望を表明するとき、それが通るのは当然だったが、そのとき王が正気であることは大前提だった。

調停役が複数いる組織においても、主たる執行部がたいていは決定権を持つものだが、その執行部が政権を行使するにふさわしくない精神状態にあったとしたらどうなるだろうか？　王国の安寧と安全を脅かす決定をしはじめたとしたら？　リア王の場合、これまでだって安定性をきちんと示してこなかったし、感情的で大人らしく振る舞ってこなかったのではないか。王がカッとなって末娘を呪ったことについて、皮肉屋の姉娘のゴネリルとリーガンは、王が年をとったせいで、これまでの性質がますますひどくなっていると言う。「耄碌《もうろく》したのよ。と言っても、昔から分別のあるほうじゃなかったけど」と、一人が言う。「一番いい時代だって、気が短かったし」と相手は同意する（第一幕第一場二八九〜九二行）。

妹のコーディーリアが勘当されたからといって、ゴネリルもリーガンも怯えはしない。それどころか、妹がもらうはずだった分の王国の分け前に与《あずか》れるのだから、大儲けだ。それゆえ、二人は父親の暴君のような怒りをなだめようとしない。ただ、その怒りが自分たちにも向けられるかもしれず、「短気な老いぼれにありがちの無理なわがままで迷惑することになりかねない」（第一幕第一場二九二〜九五行）ために、「長いあいだに凝り固まった欠点」と姉妹が呼ぶ昔からの父親の癇癪や老齢の弊害に対処しなければならないのだ。二人が特に恐れているのは、「不意に何をされるかわかったもんじゃない」（第一幕第一場二九六行）からだ。つまり、ケント伯を追放したときのような癇癪である。衝動に駆られて動くような人物が統治する国家ほど危険なものはない。

ゴネリルとリーガンは、自分たちのことしか考えていない、実にやっかいな連中だ。しかし、自分たちがひどい問題を抱えていることは理解しているので、国家の利益を守れなくとも、少なくとも自分たちの利益は守ろうと迅速に手を打つ。父親は、国家の実際の統治を娘たちとその夫たちへ委ねる決意をしたが、百人の武装した従者たちは手元にとどめおくことにした。父親が何かとんでもないことをしでかすといけないと思って、娘たちは、これをほぼ直ちに父親から取り上げようとする。まず、人数を五十人に減らし、それから二十五人にした。それからさらにどんどん減らしたのだ。「どうして二十五人、いえ、十、いや五人でさえ必要なんですか」と、ゴネリルは尋ねる。「一人も要らないわね？」とリーガンは言う（第二幕第二場四四二〜四四四行）。それは身もふたもない醜悪なやりとりであり、さらに醜悪になりかかる。しかし、従者たちを父親から奪おうとするのは、人に命令することに慣れてきた衝動的なナルシシストにどんなに小さな軍隊も持たせてはならないという認識ゆえだ。

リアが初めて自己破壊的に乱暴な振る舞いをしだしたとき、リアの暴君的な振る舞いに反対の意を示したのはコーディーリアとケント伯だけだった。どちらも、自分たちの言葉で怒らせてしまったまさにその当人への忠誠心から、お守りしたいという愛情ゆえに、あえて反対したのだ。二人が追放され、リアは退位し、国は崩壊の一途を辿《たど》るよりほかなくなる。王の無法な気まぐれゆえに崩壊ははじまったのだが、暴君の衣をまとおうとするのは、力を奪われ、狂気に落ちていくリアではない。暴君となるのは、どのような法律にも束縛されまいとし、基本的な人間らしい振る舞いさえ無視しようとする邪悪な娘たちだ。

リアに忠義なケント伯は、命を賭して、ひどい目に遭っている主人に仕えようと、変装して宮廷に立ち戻る。しかし、リアが自らに招いた悲惨は今さら払いのけられなくなっていた。ケント伯は、いわばしっかりと猿ぐつわをかまされており、コーディーリアは追放された。何が起こっているのか皆にもわかっていることを堂々と言えるのは道化だけだ。皮肉なエンタテイナー——深夜のコメディアンのようなもの——であり、社会的約束ゆえに、本当なら言ってはいけないことや、言ったら罰せられるようなことでも言うことが許されている。「おいらのほうが、まだましだ」と、道化はリアに言う。「おいらは阿呆だけど、あんたは「何もない《ナッシング》」だからね」(第一幕第四場一六一行)。そして、リアの娘たちが支配する新体制では、このように限られた自由な発言でさえ許されない。ゴネリルは、この「言いたい放題の阿呆」(第一幕第四場一六八行)の無礼さに我慢ならないことを父親にはっきりと告げ、リーガンもまた同様にひどいことをする。狂乱の王とともに荒れまくる嵐の中へと放り出され、惨めに震えていた道化は、劇のなかばに永遠に姿を消してしまう。

リチャード三世やコリオレイナスとは違い、リア王の場合、その子供時代はまったく垣間見えず、そもそもその人格の乱れがどのようにして芽生えたのかわからない。ただ、何もかも自分のやりたいようにやるのにずっと慣れてきたため、人から反対されることに耐えられないのだ。その狂乱のさなか、目の見えない男と物乞いを仲間にして、おぞましい掘っ建て小屋の中にすわっているときでさえ、壮大な幻想を抱く。「わしがにらめば、家臣どもは震えあがる」(第四幕第六場一〇八行)。しかし、その狂気は、なかなか得がたい真実の稲妻のような閃光に貫かれる。「やつらは犬のようにわしにおべっかを使う」と、王は思い出す。誰もが王にこびへつらうことを王はようやく理解する。自分が未熟な若造でしかなかったときですら成熟した知識を持つ男だと褒めたのだ。ここが最もナルシシズムの根っこに近づくときだ。「わしが『そうだ』と言えば『そうです』と答え、『違う』と言えば何でも『違います』と調子を合わせるのは神の教えに背くものだ」(第四幕第六場九七～一〇〇行)。

そんな育ち方のせいで、リアは家族にも王国にも自分の体にさえも実感が持てない。リアは、自分の子供をだめにする父親であり、正直で誠実な召し使いと腐敗した悪党とを区別できない指導者である。国民の要求がわからず、それに向き合おうともしない統治者である。リアがまだ王座にいる劇の冒頭部では、そうした国民はまったく見えていない。まるで、その存在を認めるのも面倒だといわんばかりだ。鏡を覗《のぞ》き込んで、王は、自分を実物より大きく見ている。「どこをとっても王だ」(第四幕第六場一〇八行)。

それゆえに、熱で震えて凍えているとき、これまで常に嘘をついてきたおべっか使いどもに囲まれてきたのだと、ついに気づく。

雨がこの身を濡らし、風が歯をがたがた鳴らし、わしが命じても雷がやもうともしなかったとき、気づいたのだ。ふんと感づいた。やつらの正体がわかったのだ。おい、やつらの言うことはでたらめだぞ。わしがすべてだと言いおって。嘘だ。わしだって悪寒ぐらいする。(第四幕第六場一〇〇〜一〇五行)

「わしがすべてだと言いおって。」これほどの唯我独尊者が、結局自分がほかの人たちと同様に肉体的な苦しみを蒙《こうむ》ると気づくことは、ある種の道徳的勝利である。

しかし、シェイクスピアの劇では、この実に慎ましい覚醒のために深刻な悲劇的犠牲が払われる。リアは、自分は「罪を犯すよりも犯された」と主張するが、上の二人の娘が自分を殺そうとする歪んだ化け物であるのもリアの責任でないとは言い切れない。末娘の道徳的な潔癖さを拒絶し、その愛を理解できずに悲惨な運命を辿らせてしまったことは、確かにリアの責任である。それにまた、ゴネリルの夫オールバニ公爵の根本的なまともさと、リーガンの夫コーンウォール公爵のサディズムを区別することもできず、この二人のあいだに激しい対立が起こりそうだともわからずに王国を分けたのである。

リアが数十年にも及ぶ統治を経て、この国のホームレスの苦しみをようやく理解するようになったのは、自身が激しい嵐の中をさまよったときだ。雨に激しく打たれた王が発する問いは力強い。

裸の惨めな者たち、どこにいるのか知らんが、
この非情な嵐に打ち据えられて耐えておろう。
頭を濡らし、腹を空かせて、どうやって
穴だらけの襤褸《ぼろ》をまとって、こんな嵐を
しのいでいるのだ？

（第三幕第四場二九～三三行）

だが、その問いを発しながらも、王は、そうした者たちを苦しみから救ってやるために自分が何かするのはもう手遅れだとわかっている。「ああ、わしはこれまで気づいてこなかった！」(第三幕第四場三三〜三四行)。そして、今、王が考えていること――金持ちが、惨めな者たちの境遇を経験すれば、余分な富をわけてやる気になること――は、王が統治してきた国のための新たな経済的展望とはなりえない。

リアがとんでもない決意をする一助となったひどい自己中心主義は、王が逆境に身をさらしたところで消えはしない。それは依然として、リアの認識の基本なのだ。ホームレスの物乞いに出会ったとき、人の惨めさは、自分と同じ理由で起こるのだとしか考えられない。「おまえ、何もかも娘にやってしまったのか？それでこんなになったのか？」(第三幕第四場四七〜四八行)。答えがイエスであると確信して、リアはこの貧乏人の恩知らずの娘たちを罵りはじめる。そして(変装の)ケント伯がその誤りを正すと――「この男に娘はおりませぬ」――リアは怒りを爆発させる。「死ね、謀叛人！人間がこれほどの体たらくとなりうるのは、つれない娘のせいに決まっている」(第三幕第四場六六〜六八行)。リアは、このときまでに何もかもを失っていたが、それでも「死ね、謀叛人！」と罵って反対意見を認めない暴君の精神は失わないのだ。

劇の終わり近くで、リアが少なくとも部分的な正気を取り戻して、自分の行為の愚かさを認め、（王のために戦おうとイングランドに戻ってきていた）コーディーリアに赦しを求めたあとも、リアは、そもそもの悲劇を惹き起こした自己中心主義をきっぱり捨てられない。容赦ないエドマンドの命令のもとに、コーディーリアと共に捕らえられたリアは、一緒に姉たちに会いに行きましょうという娘の求めを強く否定する。「いやいやいやいや」（第五幕第三場八行）。どうしてせめて少しの慈悲でもかけてくれと娘たちに頼もうとしないのか？　なぜなら、王は、末娘と一緒に牢屋にいれば、そもそもほしかったものを手に入れられるという幻想を抱いていたからであり、その幻想は鋭く、どうしようもなく非現実的で、ある意味で極めて自分勝手だからだ。かつての思惑どおり、「この子に面倒を見てもらおうと」（第一幕第一場一二一行）いうわけである。「二人っきりで、籠の鳥のように歌おう」と、王はコーディーリアに言う。

そうして生きていこう。
祈って、歌って、昔話をして、きらきら飾りたてた
蝶々を笑って、哀れな者たちが宮廷の噂をするのに
耳を傾けよう。そいつらと一緒になって話をしよう。

誰が負け組で誰が勝ち組か。誰が注目され、誰が忘れられたか。
まるで神様のスパイであるかのように、この世の
不思議な成り行きに通じている顔をしてやろう。

（第五幕第三場九〜一七行）

かりにコーディーリアも同じ望みを抱き、そうなるといいと思ったとしても、現実的なコーディーリアは、そんなことが可能とは思っていない。牢屋へ連行され、ほぼまちがいなくそこで死ぬのだとわかっているコーディーリアの沈黙は顕著であり、痛々しい。

晩年に執筆した劇『冬物語』で、シェイクスピアは、正統な支配者が発狂して暴君のように振る舞いはじめるというモチーフに戻ってくる。シシリア王リオンティーズの場合、そうなる理由は、老齢ゆえの怒りではない。臨月の妻ハーマイオニが浮気をはたらき、王のではない子を孕んだという確信の形をとった被害妄想に突如とりつかれるのだ。その疑惑は、九か月シシリアに滞在を続けた王の親友ボヘミア王ポリクシニーズにかけられる。リオンティーズから最初にその思い込みを打ち明けられた首席顧問官カミローは、恐れおののき、王を説得してそんなことはないとわからせようとする。「陛下、そのような病んだお考えはお捨てください」と

促すカミローは、「たいへん危険です」と急いで言う（『冬物語』第一幕第二場二九六〜九八行）。リオンティーズは、この容疑は確かなものであると主張し、顧問官がふたたび異議を唱えると、怒りを爆発させる。「これは事実なのだ。嘘つき、嘘つきめ。／おまえは嘘をついているぞ、カミロー、おまえなど嫌いだ」（第一幕第二場二九九〜三〇〇行）。嫉妬する王は何の証拠も示さず、ただ強く主張を繰り返すばかりだ。

暴君には、事実や証拠などどうでもよい。自分が非難しているだけで十分なのだ。誰かが裏切り、嘲り、こちらをスパイしていると王が言えば、そうに違いないのだ。反対する者は嘘つきか愚か者だ。かりに誰かの意見を求めるようなふりをしても、意見などほしいわけではない。暴君が本当に求めているのは忠誠であるが、誠実、名誉、責任を伴う忠誠ではない。暴君が求める忠誠とは、暴君の意見を臆面もなく直ちに承認し、暴君の命令を躊躇なく実行することだ。ワンマンの被害妄想の自己愛的な支配者が、公務員と席をともにして忠誠を求めるとき、国家は危険なことになる。

それゆえ、リオンティーズの狂った疑念にカミローが賛同しなかったとき、リオンティーズは彼を不正直で、臆病、怠慢と激しく責め立てる。「下品な武骨者、ぼうっとしている奴隷／さもなければ、のらくらと曖昧な態度をとるやつだ」（第一幕第二場三〇一〜二行）と叱責するだけでは足りず、直ちに忠誠を示せと求める。そうするのに完璧な方法があるとリオンティーズは考える。ポリクシニーズを毒殺せよと命じるのだ。

カミローはのっぴきならない事態に陥る。主君である王が錯乱したばかりでなく、危険人物となったのだ。まっとうなやり方で説得しても、ますます怒らせるだけだ。カミローは、王の命令を断ったら自分自身が殺されると気づく。一瞬、「言うとおりにすれば、出世はまちがいない」と命令実行を考えはするものの、カミローは日和見主義の悪党ではなく、まともな人間であり、だからこそ当初は面と向かって王に反対したのだ。とは言いながら、自分の命を捨ててもかまわないわけではなかった。となれば、道は一つしかない。カミローはボヘミア王ポリクシニーズにこの事態を告げて警告した。そして、その夜、二人して王の供回りの者たちを引き連れて、シシリアから逐電《ちくてん》したのである。

逃亡というのは最後の手段であり、後戻りはできず、誰にでもできることではない。カミローは王の首席顧問官として町の門を開けよと命じる権限があり、ポリクシニーズの船がすでに港で王の搭乗を待っていたから可能だったのだ。カミローはこれまで長く務めてきた信頼ある高い立場とともに全財産を捨てたわけだが、どうやら心配すべき家族はいないようであり、自分が命をお救いする王に保護を求めればよかった。この瀬戸際に重要なことは、カミローが言うように「大急ぎ」で暴君の怒りの及ばぬところへ逃れることだ。
しかし、哀れなハーマイオニには、そうすることができない。しかも、夫が激怒するまで、まさか自分がそのような疑念と怒りの目で夫に見られているなどと思いもよらなかった。いよいよ出産という大事を控えた妃は、幼い息子マミリアスの面倒を見ながら、友ポーリーナと雑談し、夫の親友ポリクシニーズをもてなそうとあれこれ気を遣っていたのだ。シシリアにすでに長く滞在を続けるポリクシニーズにさらに滞在を延ばすように説得しろと妃に命じたのは、実にリオンティーズ自身だった。しかし、その努力をする妃のやさしく魅力的な様子は、被害妄想のリオンティーズにとって不貞の証拠にしか見えないのだ。「囁いていても何もないというのか？」カミローが王の疑念を否定すると、リオンティーズは憤慨する。

頬と頬を寄せあっても？　鼻と鼻をすり合わせても？
口をつけあってキスをしても？　それまで笑っていたのを
溜め息とともにやめるのが――貞節を破る
明らかな印でないと言うのか？　足と足を絡ませあい、
物陰に隠れても？
（第一幕第二場二八四〜八九行）

これが、どれほど真実なのかは問題ではない。これはリオンティーズが見たと思い込んでいることであり、それだけで彼の頭の中で妻を有罪とするには十分なのだ。

ポリクシニーズとカミローの逃亡によって王の疑いは確信となり、王は自分が馬鹿にされていたという思いを募らせることになる。信頼していたカミローがポリクシニーズの共謀者――「やつの女衒《ぜげん》」――だったことは、火を見るよりも明らかとなったと王は考える。「わが命を狙う計画がある」と王は結論し、それを阻止するために、妻を逮捕し投獄するように命じる。「あれは姦婦だ」と王は告げ、宮廷じゅうを驚かせる。最初、宮廷人たちは、カミローがしたように、そんなことはありませんと説得し、どこかの悪党の讒言《ざんげん》のせいにする。「どこかの嘘つきが／いけないのです」(第二幕第一場一四二～四三行)。「どうか陛下、妃をお呼び戻しください」と一人が懇願する。「どうか、あらぬ判断をなさいませぬよう、行動にお気をつけくださいまし」と、別の者が警告する(第二幕第一場一二七～二九行)。

リオンティーズは耳を貸さず、「まるで死人の鼻で嗅ぐように、白々しい態度をとるのだな」(第二幕第一場一五二～五三行)と言う。ほかの者たちが何を観察したかなどどうでもよく、賛同してもらう必要もないのだ。「おまえたちと話しあって何になる?」王は、そっけなく尋ねる。

「わが強い思いどおりにすればすむことだ」(第二幕第一場一六二〜六四行)。思いどおりにするとは、王の衝動だけに従うということだ。

もうおまえらの忠告は要らん。この件は——
その成否がどうあれ、これを取り仕切るのは
私だけだ。
(第二幕第一場一六九〜七一行)

もちろん、宮廷側から見れば、この「件」——王の命を狙う計画があったとする告訴、王の首席顧問官の逃亡、そして妃の投獄——は、リオンティーズ個人の問題ではありえない。しかし、暴君にはよくあるように、国のことは自分のことなのだ。「皆が納得するように」譲歩すると王が言って行った唯一の譲歩は、神託を聞くために「神聖なるデルフォイにあるアポロンの神殿へ」使者を送ることだった。それでようやく宮廷人らは同意する。

『リア王』で一人の女性——独裁者の末娘——が有無を言わさぬ父親の命令を断乎として公に拒絶するように、『冬物語』でも、暴君の意志に最も強く対立するのは一人の女性だ。率先して抗議をするのは、不当な扱いを受けた妃ハーマイオニではなく——王妃も勇敢かつ雄弁に

自己弁護をするものの——妃の友ポーリーナである。投獄された王妃を訪ね、王を正気に戻せるのではないかと期待して、妃が産んだばかりの赤子を王のもとに連れて行こうと提案するのはポーリーナなのである。獄の番人が、当然ながら、許可証もなしに獄中から赤子を連れていくのを許したら処罰を受けると心配すると、ポーリーナは雄弁にこう言って聞かせる。

恐れることはありません。
この子は、これまで妃のお腹の中で囚われ人でしたが、
偉大なる自然の法則と働きによってそこから
解放され、自由になりました。王の怒りには
何の関係もありませんし、妃の咎《とが》などというものが
かりにあったとしても、それとも無縁です。
（第二幕第二場五九〜六四行）

この瞬間垣間見られるのは、あらゆる体制の特徴となっている官僚主義的な構造であり、それこそが、指導者がまずい振る舞いをするときには特に重要となる。手続き上問題がある場合は、高位の者が——王の顧問官アンティゴナスの妻である貴婦人ポーリーナは実に高い身分に

ある――出てきて、責任をとらねばならないのだ。「恐れる必要は要りません。／私が、あなたを危険から守ってあげましょう」(第二幕第二場六六～六七行)と、彼女は獄の番人にもう一度言う。

恐れるのは当然だ。暴君は眠れないのである。「夜も、昼も、休めない」(第二幕第三場一行)。ハーマイオニを訴えた結果、息子のマミリアスが病気になり、王は息子の心配をするのみならず、しょっちゅう仕返しを考えている。ポリクシニーズとカミローは手の届かないところへ行った――「何の策略も意味がない」と王は言う――が、「姦婦」は手中にある(第二幕第三場四～六行)。「あいつを火あぶりにして／消してしまえば」(第二幕第三場七～八行)と王は陰鬱に考え、そう思うと少しは眠れるようになるのだ。

ポーリーナが赤子を抱いてやってきたとき、リオンティーズに仕えていた貴族たちが中に入《い》れまいとするのも不思議ではない。ところが、ポーリーナは黙って立ち去るどころか、力を貸してくれと訴えるのだ。「あなたがたは、王の暴君のような怒りを恐れて、お妃様のお命をなおざりになさるつもりですか？」(第二幕第三場二七～二八行)。王様は眠れないのだと貴族たちは説明するが、ポーリーナは「私は王に眠りを持ってまいりました」と言い返し、皆が王の狂気という火に油を注いでいると非難する。

あなたがたは、
陛下に影のように忍び寄り、陛下が意味もなく
息をつくたびに溜め息をつく。あなたがたのような
人たちがいるから、陛下はお休みになれないのです。

（第二幕第三場三三〜三六行）

これはかなり大胆不敵なやり方だ——王が絶対自分の子ではないと固く信じている子供を無理やり抱かせることで、王の狂気をたちどころに治そうというのだから——そして、それは失敗に終わる。リオンティーズの怒りは増すばかりだ。王は「不倫の子」を燃やしてしまえと命じ、それからポーリーナに向かって、おまえも火あぶりにするぞと脅す。「かまいません」と勇猛な女は答え、シェイクスピア作品の中でも最もすばらしい反抗の言葉を言い添える。

その火を燃やすのは異教徒です。
燃やされるほうではありません。

（第二幕第三場一一四〜一一五行）

権威の構造自体をひっくり返してしまうのが専制政治だ。正統性はもはや国家の中心にはない。正しいのは暴力の犠牲者である。

ポーリーナはすでに王の「暴君のような激情」に言及し、王に面と向かって「あなたは狂っている」と、ぴしゃりと言っていた。しかし、暴君の圧を直接感じてか、今度は少し引いてしまう。「あなたを暴君とは呼びますまい」と、ポーリーナは王に告げる。

けれども、お妃様をあのように残酷に扱われるのは――
非難をなさる根拠がご自身のあやふやな
妄想でしかないのですから――まるで暴君の
なされように思えます。
（第二幕第三場一一五～一一八行）

こうなると、リオンティーズも黙ってはいない。「私が暴君なら」と、王は宮廷人たちに言う。「妃は生きてはおれまい？　私が暴君でないとわかっているから／こいつはそう呼ぶのだ」（第二幕第三場一二一～一二三行）。もしかするとポーリーナの言葉遣いは戦略的だったのかもしれない。こんな返事をしたリオンティーズは、こいつを火あぶりにしろという命令をもはや実行させるわけにはいかなくなる。ただ、部屋から出ていけと命じるのみだ。

ポーリーナの命は救われるが、リオンティーズの狂気とその暴君のような衝動はとどまるところを知らない。ポーリーナが赤ん坊を連れてきたのは夫である顧問官アンティゴナスに唆されてではないかと疑った王は、この顧問官を叛逆罪の罪に問う。アンティゴナスは自らが謀叛人でないことを示すために、赤子を殺さざるをえなくなる。「さっさと連れていけ」と、リオンティーズは命じる。

一時間以内に、やりましたと報告しろ。
ちゃんと証拠をもってこい。さもないと
おまえの命も財産もないぞ。

（第二幕第三場一三四〜三七行）

法的手続きなどどこにもない。文明人らしいやり方も、良識も、かなぐり捨てている。疑惑と不安が区別できない社会では、暴君の殺人的な命令を遂行することで忠誠が証明される。

しかしながら、シシリアには道徳の力が残っている。リオンティーズが暴君になったのは、突然、説明しがたい狂気にとらわれたからであって、つい最近までは、愚かな殺人狂どころか、立派な、実にきちんとした統治者だったのだ。それゆえ、カミローとポーリーナがそのよい例だが、まわりに付き従うのは追従者ではなく、思ったことを口にするまっとうな人々だ。宮廷人たちはショックを受けて怯える――「おまえらは皆嘘つきだ」(第二幕第三場一四五行)と、レオンティーズは皆を怒鳴りつける――ものの、だからといってすっかり沈黙してしまうわけではない。「これまでずっと心よりお仕えして参った者として、／我々をお認めくださ い」(第二幕第三場一四七～四八行)と、宮廷人の一人は跪いて、新生児を火あぶりにするというおぞましい命令を撤回するよう、王に求める。リオンティーズはしぶしぶ同意するが、代わりにアンティゴナスに赤子をどこか遠い地へ連れて行って、捨ててこいと命じる。

そのあと展開する複雑なロマンスの筋において、この命令の変更は重要な結果をもたらす。それは、アンティゴナスの死につながる(悪名高いト書き「熊に追われて退場」[第三幕第三場五七行]がそれを示している)。そして、十六年後、リオンティーズの娘パーディタは、奇蹟に近い復活を見せる。だが、リオンティーズは、家臣に跪かれて赤子殺害命令を修正したとき、その態度や考えを変えたわけではなかった。これはポイントの一つだ。すなわち、一旦国家が情緒不安定で衝動的で報復的な暴君の手に落ちれば、普通の調整機能はほとんど働かなくなるということである。分別ある忠告は無視され、重要な異議申し立ては払いのけられる。声高に抗議すれば、事態は悪化するばかりだ。

妻に裏切られたと思い込んだ王は、妻に復讐してやろうと心に決め、ハーマイオニ妃を大逆罪で裁判にかける。囚人に出頭を命じるとき、王は宣言する――「私が暴君でないことは／明らかなはずだ。こうして公に／裁判をするのだから」(第三幕第二場四～六行)。公開裁判は、最愛の妻を毒殺するよりは、世間体を考えれば好ましいように思えるかもしれないが、シェイクスピアの世界にいる人たちには、裁判の結果はもうわかっている。為政者は制度自体を支配して、そのとんでもない主張を実現するのだ。これは、ヘンリー八世が行った見せしめ裁判と同じであり、現代で言えばスターリンの恐怖政治と何ら変わらない。

しかしながら、小さな、重要な違いはある。『冬物語』において、謀叛で訴えられた人物は、その想像上の罪を告白してしまうほど気が弱くなっていない点だ。それどころか、威厳と、鋼のような優雅さをもって、暴君の「正義」とやらが何であるかを暴露する。

私が申し上げることは、私への
告発と矛盾しますし、私を弁護する証言は
すべて私が発するものでしかありませんので、

私には何の役にも立たないでしょう、
「無罪」と申し上げても。
（第三幕第二場二〇～二四行）

それでも、ハーマイオニはその信念を語る。「神々は我ら人間の行いを／見守ってくださっていらっしゃるはずですから、／私の潔白は虚偽の告発に赤面させ、／暴政は私の忍耐を見て身を震わせることでしょう」（第三幕第二場二六～三〇行）と。

暴政が忍耐を見て震えるとは、どういうことだろう？　不正な攻撃に対して反撃を加えるなど、いずれにせよハーマイオニはできない立場にいるわけだが、反撃力がない人なりの抵抗のやり方がある。すなわち、じっと耐えて、自分の無実が明らかになるか、抑圧者が道徳的に目覚めるかを待つ方法だ。リオンティーズは妄想にとりつかれ、自分は正しいと思い込んで激怒しているため、そんな抵抗は何の効果もないし、その忍耐ぶりに王が震えたりもしない。王が妃に対して、とんでもない告発を次々に続けていくので、ハーマイオニはそれを理解しようとする努力さえやめてしまう――「陛下のお言葉は、私には理解できません」（第三幕第二場七八行）と妃は言う。「わが命は、あなたの幻想の餌食です」（第三幕第二場七九行）。リオンティーズの反応は、うかつにも問題の核心を衝いてしまっている。「おまえの行動がわが幻想なのだ」

（第三幕第二場八〇行）。もし嘘や裏切りや謀叛があると暴君が夢見るなら、嘘や裏切りや謀叛はあることになってしまうのだ。

その結果、唯我的で自己正当化された幻想を打ち砕くのはほぼ不可能だ。アポロンの神殿から戻ってきた使者たちが携えてきた封印された神託が裁判の場で開けられ、読み上げられると、そうした神託にありがちの曖昧さなど微塵もないことがわかる。

ハーマイオニは貞淑であり、ポリクシニーズに咎なく、カミローは真の家臣なり。リオンティーズは嫉妬深い暴君にて、その無実の赤子は真の王女なり。失われしもの見つからぬ限り、王は嫡子なしとならん。（第三幕第二場一三〇〜三三行）

それでも嫉妬深い暴君の凝り固まった頭に安らぎは訪れない。「こんな神託に真実などあるものか」と、王は頑固に宣言し、裁判を続行するように命じる。

王子マミリアスが母親の運命を嘆き案じた末に亡くなったという知らせが入って初めて、リオンティーズはついに強い衝撃を受け、正気に戻る。息子が死んだのは、王の不正に対してアポロンが怒った恐ろしい印だと考えた王は、自分がなした不正をすぐに償おうとする。「ポリクシニーズとは仲直りをし、妃を改めて口説き、善良なカミローを呼び戻そう」(第三幕第二場一五二〜五三行)。しかし、それは容易なことではない。ハーマイオニは息子の訃報を聞いて倒れてしまい、取り乱したポーリーナが激しい言葉を口にしながら登場する。さっきは「あなたを暴君とは呼びますまい」と言って自分の毒舌を抑えようとしていたが、もはや抑制などかなぐりすてて、リオンティーズに痛烈な問いを投げつける。「暴君、私にはどんな拷問を用意しているのですか？」(第三幕第二場一七二行)。その暴政は、嫉妬と相俟って、カミローにポリクシニーズ殺害の罪を犯させようとしただけでなく、自らの幼い娘をカラスの餌食にしてしまおうとしただけでもなく、王子の死を招いただけでもすまなかった。今や、それらを上回る残虐さの最高傑作として、妻の死を惹き起こしたのだ。

宮廷は、ポーリーナの歯に衣着せぬ乱暴な物言いに怯える。しかし、この精神的打撃により、リオンティーズは統治者としても人間としても変わるのだ。真実を受け入れ、自ら惹き起こした恐ろしい破壊を認める。この劇では、王は、リア王のように王座から追われてかつて自分の王国だった国を宿無しのようにさまよったりはしない。依然としてシシリア王であるのだが、悔恨と自責にいつまでも苦しめられることになる。十六年が経って——時の神が現れて、この長い休憩時間に十六年も眠っていたと考えてくれと頼むわけだが——ようやく、物語は再開される。
再開すると、リオンティーズは今もなお深い悔悟に沈んでいる。宮廷人たちは王にもう自分を赦して再婚し、王国を継ぐ跡取りをつくるように勧める。しかし、実際のところ、王の精神医のようにして王を支えてきたポーリーナは、王に自らやったことをしっかりと見据え、独身のままでいるようにと強く求め、赦すことはない。ポーリーナは王に言う――

一人ずつ世界じゅうの女性と結婚したとしても、
あるいは、世界じゅうの女性からよいところを取り出して
完璧な女性を作ろうとも、あなたが殺した
お妃様に匹敵する人はいません。

（第五幕第一場一三～一六行）

「殺した？／私が殺した？」と、リオンティーズは繰り返す。「そのとおりだ」と、王は認めるが、「しかし、そう言われるのはつらい」（第五幕第一場一六～一八行）とも言う。王は、ポーリーナの同意なしに決して再婚しないと誓う。
結局、『冬物語』では、王は失われた娘と再会し、劇的な展開によって、死んだはずの妻と

の再会も果たされる。ポーリーナの画廊に案内されたリオンティーズは、その静謐な場所で、ハーマイオニの像とされるものを目にするのだ。一見奇蹟と思われる方法で、像に生気が宿り、妃は台座から下りて、夫と娘を掻き抱く。しかし、暴政の記憶を消し去ることはできないし、孤独と悲惨さのうちに過ごした十六年を取り戻せはしない。友情、信頼、愛の無垢なすばらしさはもう元には戻らないのだ。リオンティーズは、妻をふたたび見て驚くとき、まず妻が年を取っていることに気づく。「ハーマイオニにはこんなに皺がなかったし、／これほど年をとってはいなかった」(第五幕第三場二八～二九行)。暴政のせいで失われた年月の果てに新たな人生があるのかもしれないが、この人生はかつての人生と同じというわけにはいかない。暴政のせいで元に戻せない最もつらいことは、悲しみのあまり少年マミリアスが死んでしまったことだ。最後の幸せな再会の連続の中でも、少年が奇蹟的に蘇ることはない。

それでも、シェイクスピアの他の劇と比べると、『冬物語』は、やり直しの夢を認めている部類に入る。悲惨な経験のあとに、このやり直しを可能にしている出来事は、シェイクスピアの最も大胆にしてありえない幻想のたまものだ。すなわち、暴君の誠心誠意の、偽らざる、心の底からの後悔である。そのような心の変化を想像するのは、像に生気が宿るのを想像するのと同じくらいむずかしい。

第9章　没落と復活

『冬物語』の大団円は、ロマンスという文学ジャンルにふさわしく、現実的な期待を遊び心たっぷりにわざと裏切ってみせる。シェイクスピアとその観客は、歴史的な記録には、情緒不安定な暴君的為政者が奇蹟的に救われる事例などないことを重々承知している。そうした憂鬱な知識から逃れるところが、このジャンルの楽しみの一つでもあり、奇想天外なストーリーが展開し、驚くべき再会、和解、赦しが次々に起こってクライマックスとなるわけだ。「それほどたくさんの驚異が、この一時間のうちに起きたのだ」と、劇の最後で一人の傍観者は言う。「小唄作家もこれほどすごい話は書けないだろう」(『冬物語』第五幕第二場二一〜二三行)と。

しかし、シェイクスピアは、暴政が示すジレンマを解決するのに、ただ幻想に逃げ込んだだけではない。それどころか、『冬物語』は、シェイクスピアの作家人生のほとんどを占めていた現実的な考え方から解放されて、悪夢を終える方法へ立ち戻る珍しい作品なのだ。シェイクスピアは考えた——暴君には常に手ごわい敵がいるものだ。そうした敵を追い詰め、殺すこともでき、無理強いして言うことを聞かせることもでき、マクベスが「口先ばかりの敬意」と呼ぶものを与えることもできる。どの家にもスパイを放って、囁かれるどんなことにも暗闇で聞き耳を立てさせることができる。追随者には報酬を与え、軍隊を召集し、自らの数えきれないほどの業績を祝う公的行事を果てしなく催すこともできる。だが、自分を嫌う者全員を消し去ることはできない。なにしろ、いずれ誰も彼もが自分を嫌うのだから。

どれほど緊密な網を暴君が仕掛けようが、誰かが必ずすり抜けて逃げ出す。「ここにいてはならぬ」と、ローマの将軍タイタス・アンドロニカスは、その二十一人の息子の唯一の生き残りであるルーシャスに言う。暴君サターナイナスは、タイタスの息子の二人の生き残った兄弟をちょうど殺したところで、その妹を強姦し、両手を切り落とし、舌を抜くのを黙認した。ルーシャスはゴート族のもとへ逃げ、そこで軍を集め、暴君を倒して権力を取り返すべく戻ってくる。「ローマの傷を癒し、その嘆きを拭い去るべく、統治できますように」と、ルーシャスは最後に言う（『タイタス・アンドロニカス』第五幕第三場一四五〜四六行）。同様に、『リチャード三世』においても、エリザベス王妃は、息子ドーセット侯に「行きなさい、海を越えて、地獄の手の届かないところでリッチモンド伯と暮らしなさい。行きなさい、さ、早く、この屠殺場からお逃げ」と訴える（『リチャード三世』第四幕第一場四一〜四三行）。ドーセット侯の兄、叔父、二人の異母兄弟が、そのほか数えきれないほどの犠牲者同様、暴君によって殺されているわけだが、ドーセット侯はこの憎むべき暴君を倒す軍隊を率いるリッチモンド伯に合流することができる。勝利するリッチモンド伯は、やはり劇の最後で、国家の傷を治そうと誓って祈りを捧げる――「神よ、その御心に沿って、／来るべき時を、にこやかな平和、／微笑む豊穣、麗しき繁栄の日々で豊かならしめよ」(第五幕第五場三二～三四行)。

『マクベス』でも、殺された王の息子たちは、自分たちに危険が迫っているのに気づく。屋敷の主人であるマクベス夫妻に仰々しい礼を述べている場合ではないのだ。「何を言えばいい」と、一人が相手に言う。「錐《きり》の穴から運命が、／襲いかかってくるかもしれないというのに？」「だから、馬に乗ろう」と相手は応じる。「別れの挨拶など気にせず、すぐに行こう」(『マクベス』第二幕第三場一一八～一一九、一四〇～四一行)。王子たちはこっそりと逃げ出し、父親殺しの汚名を着ながら、暴君を倒す日が来るのを待つ。けれども、劇は『タイタス・アンドロニカス』や『リチャード三世』よりもずっと暗い調子で終わる。新たにスコットランド王となったマルカムは、「猜疑心に満ちた暴虐の罠を逃れ、／外国に亡命した味方を呼び戻す」だけでなく、「この死んだ人殺しと鬼のようなその妃の／手先となった残酷な連中を裁きの庭に引き出す」と言う(第五幕第七場九六～九九行)。清算をしようというのである。

こっそりと暴君の手の届かぬ所へ逃げた者は、国境を越え、他の国外逃亡者と手を結び、侵攻軍を引き連れて戻ってくる。それが基本的なやり方であることは、文学作品に限った話ではない。ナチのドイツでも、フランスのヴィシーでも、その他多くの場所で抵抗勢力はそうやって戦ってきた。シェイクスピアもわかっていることだが、このやり方には危険が伴う。バッキンガム公の計画のように頓挫して、逃亡ではなく処刑で終わるかもしれない。味方や家族が危険にさらされる。リチャード三世がスタンリー卿の息子を捕まえて忠誠を誓わせたように、暴君は愛する者を人質にするかもしれない。「おまえの心がぐらつけば、息子の首がぐらつくぞ」と、リチャード三世は不安な父親に申し渡す（『リチャード三世』第四幕第四場四九五〜九六行）。マクダフが味わうように、残してきた罪のない家族がひどい目に遭うかもしれないのだ。

この抵抗作戦の大きな代価は、『リア王』で最も強力に描かれている。耄碌《もうろく》と激怒のせいで引退直前の父から勘当されながらも、コーディーリアは、二人の邪悪な姉たちゴネリルとリーガンから父を救おうと決意する。姉たちは夫らとともに国を統治し、今や老いた父の命を狙っている。嫁ぎ先のフランスからブリテンへ戻ってきたコーディーリアは、フランス軍を率いる動機は純粋に愛であることを宣言する。「思いあがった野心から軍を起こしたりしない。あるのは愛だけ。／お年を召したお父様の大権をお守りせねばというその思いだけ」（『リア王』第四幕第三場二五〜二六行）。その軍隊は、王国の重要人物たちと密かに連絡を取っており、グロスター伯爵らは、ゴネリルとリーガンが老いた王にひどい扱いをしたことに衝撃を受けている。

しかも、その夫たち、善意の人だが軟弱なオールバニ公爵と、筆舌に尽くしがたいほど残酷なコーンウォール公爵のあいだに不和があることに気づいている。やがては品位が回復されてリッチモンド伯がリチャードに勝利し、マルカムがマクベスに打ち勝ったような勝利がもたらされることが期待される。

ところが、そうはならない。それどころか、あらゆる期待を裏切って、邪悪な姉妹の軍が勝利するのだ。コーディーリアとその軍隊は敗北。捕虜となったコーディーリアとその父は投獄され、凱旋するブリテン軍を率いた将軍エドマンドは、密かにコーディーリア殺害を命じる。オールバニ公爵は無能であり、リーガンの夫コーンウォール公爵は死に、エドマンドは国を支配しようとする。グロスター伯爵の庶子であるエドマンドに、王座にのぼる正統な権利などないのだが、暴君の素質は多く備えている。大胆で、独創的で、狡猾で、偽善的で、極めて冷徹だ。その立場にあがったのも、そもそも兄エドガーを追放させる計画を思いつき、そのうえで実の父を裏切ったからだ。邪悪な姉妹はどちらもエドマンドにぞっこん惚れており、エドマンドはどっちにしようか楽しそうに迷う。「どっちをものにしようか？／両方か？　一方か？どっちもやめとくか？」(第五幕第一場四七〜四八行)。

材源となった昔のどの物語でも、有徳のコーディーリアが勝利者となって王座に就くのだが、シェイクスピアの劇では、コーディーリアは、衝撃的なことに、牢獄で首をくくられる。コーディーリアこそは、この劇で唯一まともで正しい者の象徴であり、王国を襲った残酷さと不正を払いのけてくれる希望だったのに。その死は、決して癒され得ない傷を残す。ただし、少なくとも悪の勝利は長続きしない。リーガンは、嫉妬深い姉ゴネリルに毒殺され、エドマンドは、邪悪な罠にかけた兄エドガーとの一騎打ちに敗れて殺される。最後に、真に邪悪な人は一人として生き残って勝利の果実を味わったりはしない。

そうした連中が死んだところで、コーディーリアが殺される悲劇は消えないし、その死で心破れて絶命する父親の筆舌に尽くしがたい悲しみはあまりに激しい。

そして、哀れな阿呆は首をくくられた。だめだ、だめだ、
生きていない。なぜ犬や馬やネズミには命があるのに、
おまえは息をしないのだ？　おまえはもう戻らない。
もう二度と、二度と、二度と、二度と、二度と！

（第五幕第三場二八一～八四行）

シェイクスピアは、暴虐政治が惹き起こすダメージの取り返しのつかなさを、ほかのどの作

品よりもここで最も辛辣かつ執拗に描いている。これは、『リチャード三世』の「勝利は我らのもの。血に餓えた犬は死んだ」(『リチャード三世』第五幕第五場二行)というリッチモンド伯の台詞や、マクダフの「ここに簒奪者の呪われた首がある。／自由な時代が来たのだ」(『マクベス』第五幕第七場八四〜八五行)とは違う。『リア王』で使者が「エドマンド様がお亡くなりになりました」と告げても、オールバニ公爵は「それももう、どうでもよいことだ」(『リア王』第五幕第三場二七一行)と答えるのみだ。

暴君は長続きするものではないと、シェイクスピアは考えていた。どんなに狡猾に頭角を現そうと、一旦権力の座に就くと、暴君は驚くほど無能なのだ。統治する国の展望もなく、持続的な支持も得られず、残酷で乱暴であっても抵抗勢力をすっかりつぶすこともできない。その孤立、疑い、怒りは、傲慢な過信と相俟って、その没落に拍車をかける。暴君を描く劇では、少なくとも共同体の再生と正統な秩序の回復を示唆して終わるのが常となっている。

ところが、『リア王』では、「人々の嘆き」と「傷を負った国家」に圧倒的な強調が置かれるあまり、そうした示唆ができなくなっている。ばらばらになった破片を拾い上げてくれそうなのは、若いエドガーだ。劇の最後の台詞は、古い版の一つではエドガーに与えられ、別の版では、まともではあるが、何もし得なかったという点で道徳的体面に傷のあるオールバニ公爵に与えられている。まるで、劇団の役者たちが台詞の取りあいをしているか、あるいは、シェイクスピア自身が決めかねているかのようだ。いずれにせよ、その台詞は、期待されるような政治的リーダーシップの表明ではない。むしろ、この王国が蒙った試練の悲惨さを表している。

この悲しき時代の重みに耐えるのが我らの務めだ。
感じたままを口にしよう。月並みな言葉ではだめだ。
最も老いた者が最も耐えた。われら若い者、
これほどつらい人生をこれほど長くは、生きぬもの。

（第五幕第三場二九九〜三〇二行）

これは、混迷した共同体を代弁する者の声だ。

『リチャード三世』では暴君に対立する勢力はリッチモンド伯を中心に形成され、『マクベス』では王子マルコムが中心だ。どちらも、最後には権力の座に就く。『リア王』には、これに相当する人物がいない。代わりに——驚くべきことに——道徳的勇気は、社会の底辺にいる極めてマイナーな人物に垣間見られ、その名前さえ明らかにされない。それは召し使いであり、大いなる富と権威を手にした人物を取り巻く大勢の従業員の一人だ。その男は、自分の主人で

あり、リーガンの夫であるコーンウォール公爵が個人的に尋問を執り行うのを見ていて、そのやり方が許せなかったのだ。

リア王が引退したのち、コーンウォール公爵はこの国の二人の支配者のうちの一人となり、コーディーリアが率いるフランスの侵攻軍がリアをふたたび王位に就けようとしているという知らせを得る。かつての王がコーディーリア軍の手に渡らないようにしなければならないのに、コーンウォール公爵は自分が今滞在している屋敷の主人である高齢のグロスター伯爵が侵攻軍と手を結び、リアをドーヴァーへ送ったと知ったのだ。

コーンウォール公爵はグロスターを椅子に縛りつけ、妻とともに、乱暴に伯爵を尋問しはじめる。「なぜドーヴァーへ?……なぜドーヴァーへ?……なぜドーヴァーへ?」(第三幕第七場五〇〜五五行)。求める答えを得られず、ますます怒り狂ったコーンウォール公爵は、召し使いたちに椅子を押さえているように命じる。それからおおいかぶさって、グロスターの両目を抉《えぐ》り出してしまうのだ。この場面は衝撃的である——劇場の観客が失神することもある——が、疑われた謀叛人は拷問されるものだと知っていたルネサンスの観客にとってもっと衝撃的だったのは、そのすぐあとの場面であろう。悪魔のようなリーガンが夫に、もう片方の目も抉り出してしまえと促すとき、突然「おやめください、閣下」(第三幕第七場七二行)という声がするのだ。

シェイクスピアは、この意外な命令のショックを和らげようとはしない。この言葉を言うのは、グロスターの息子たちでもなければ、傍観していた貴族でもなければ、変装の紳士でもなければ、グロスターの家の者ですらない。コーンウォール公爵自身の召し使いが——公爵の命令にこれまでひたすら従い続けてきた者が——口にするのだ。「子供の頃からお仕え申し上げてきましたが、」と、男は言う。「今やめてくださいと申し上げるほどの／ご奉公はないと思います」(第三幕第七場七三〜七五行)。

『リア王』は、別に暴君の問題に理論的に迫ろうとする劇ではない。だが、為政者に仕える者が思わず「やめてください」と言わざるを得ない瞬間を、記憶に残る形で舞台化しているのだ。リーガンは、この邪魔立てに怒る——「なによ、犬の分際で」(第三幕第七場七五行)。そして、コーンウォール公爵は、剣を抜き、やはり怒って「この悪党め！」と叫ぶ(第三幕第七場七八行)。主人と召し使いは乱闘となり、使用人ごときがこのようなことをすることに驚いたリーガンが「百姓風情が！」と、召し使いを剣で刺し貫いて殺して終わる。

それから拷問の場面が続き、コーンウォール公爵は、グロスターの残った目をくり抜く。この忌まわしい夫婦は、目の見えなくなった老人を家から叩き出し、シェイクスピア作品の中でも最も残酷な命令を発する——「門から放り出しちゃいなさい。ドーヴァーまで／臭いでも嗅いで行くといいわ」（第三幕第七場九四〜九五行）――そして、コーンウォール公爵は、自分を止めようと僭越な行為をした召し使いの死体を処理させる――「こいつは／糞の山にでも投げ捨てとけ」（第三幕第七場九七〜九八行）。しかし、この召し使いの死は無駄ではなかったと、あとでわかる。コーンウォール公爵は致命傷を受けており、やがて死ぬのだ。その死と、目をつぶされた老人を目にした大衆が反感を感じることで、ゴネリル、リーガン、エドマンドの一派はすっかり力を失う。

シェイクスピアは、一般人が暴君に対する防波堤になりうるとは信じていなかった。一般人は、スローガンでやすやすと操られ、脅しが利き、つまらない贈与で収賄されてしまうから、自由の守り手としては頼りないと思っていたのだ。暴君を倒せるのは、普通エリート階級であり、エリート階級から倒さざるを得ない不正な為政者が生まれ、やがては倒される。ところが、『リア王』の名もなき召し使いには、まさに暴君に対抗する民衆の本質が備わっている。この男は黙って見守ることを拒むのだ。それは命懸けの行為だが、人間の品位を守って立ち上がるのである。ほんの数行の台詞しかない極めてマイナーな登場人物ではあるが、シェイクスピアの偉大なる英雄の一人である。

『リア王』最後の愁嘆場は、シェイクスピアのあらゆる暴君表象にまつわる問いを、鮮烈に投げかける――暴君と戦い、倒すために、勇気をもって機敏な行動をとる人々は、暴君の手から逃れるのみならず、そもそも暴君に権力を掌握させないようにするためにはどうしたらよいのか？　惨事が起こらないようにするためには、どうすればよいのか？　『リチャード三世』においては、憎悪に駆られたマーガレット妃が、暗い復讐の女神のように、エドワード王の宮廷をうろつき、自分の憎悪の対象とはしていないバッキンガム公爵に、リチャードに気をつけろと警告しようとする。

おお、バッキンガム、あの犬に気をつけろ！
しっぽを振って擦り寄るかと思えば嚙みつく。
嚙まれると、毒にやられて死んでしまう。
関わりあいを持つな。気をつけろ。
あの体には罪と死と地獄のしるしがついている。
それぞれの僕《しもべ》がやつにつき従っている。

（『リチャード三世』第一幕第三場二八八〜九三行）

ところが、公爵はその警告を無視し、リチャードが権力の座にのぼるのを、誰よりも手伝ってしまい——その結果、自らリチャードの斧に倒されることになる。

『リア王』では、勇気あるケント伯爵が、忠実に仕えてきた王に大胆な口を利き、その狂気を止め、実際は王を愛している唯一の娘へ王が投げかけた呪いを取り消させようとする。しかしながら、リアの怒りを前にして、誰もケント伯の味方をせず、ケント伯は追放さもなくば死を命じられる。ケント伯が変装して、王に仕え続けようとするとき、もはや破滅的な下落をとどめることはできなくなっている。むしろ、ケント伯の好戦的な大胆さは、二人の邪悪な娘たちの怒りを刺激するばかりで、王国は老王と同様に、狂気と破滅へ真っ逆さまに転落していくのだ。

シェイクスピアの全作品の中で一作だけ、専制政治が起こる前にそれを止めようとする組織だった規律正しい計画を描くものがある。『ジュリアス・シーザー』は、護民官のマラスとフレーヴィアスが、シーザーがポンペイウスに勝利したことを祝おうとする平民たちを追い散らす場面からはじまる。護民官たちは、群衆が将軍シーザーに熱狂するのは、政治的に危険だと考えており、シーザーの彫像にかけられていた飾りを急いで引きはがそうとする。

シーザーの翼から生えてくるこうした羽を
むしりとっておけば、やつも高くは飛べまい。
放っておけば、人間を見下ろす高みに舞い上がり、
我々を奴隷の恐怖に縛りつけることになる。
(『ジュリアス・シーザー』第一幕第一場七一～七四行)

それは、危険を伴う努力だ。あとで観客は、「マララスとフレーヴィアスは、シーザーの像からスカーフを引きはがしたために、沈黙させられた」(第一幕第二場二七八～七九行)と告げられる。

第二場で、ローマの元老院のエリート二人は、同じ不安を共有する。キャシアスと会話しながら、ブルータスは、遠くで群衆の歓声を聞くたびに、はっとする。「あの騒ぎは何だ?」ブルータスは神経質に尋ねる。「人々は、シーザーを/王に選んだのではないか」(第一幕第二場七九～八〇行)。キャシアスはこの機をとらえて、シーザーが高みにのぼったことへの怒りと困惑を表明する。

まるで、巨人のように、この狭い世界を
股にかけ、我々小物は、その大きな
足の下を歩いて、自分たちの嘆かわしい
墓を探しているようなものだ。

（第一幕第二場一三五〜三八行）

重要なのは、今起こっているのは、謎めいた不可避の運命ではないと理解することだと、キャシアスは訴える。「ブルータス、我々が下の立場にいるのは、／我らの星々のせいではなく、我ら自身のせいなのだ」（第一幕第二場一四〇〜四一行）。それはつまり、暴君が今にも現れようとするとき、打つ手はあるということだ。

ブルータス自身、その意味には重々気づいていて、自分でも考えていたことであるから、近々また会話を続けようとキャシアスに約束する。別れる前に、二人はアントニーがシーザーに王冠を捧げようとしてシーザーが三度拒絶したために大衆が大歓声をあげたと知る。拒絶したからと言って、それで終わりになるわけではない。キャスカが、元老院が明日行うことについての噂を伝える——つまり、シーザーを王位に就かせ、イタリア以外のすべてを支配させようというのだ。キャシアスは、そんな圧政のもとで生きるくらいなら自殺したほうがましだと答える。自分の命を自ら断てるのは、ある種の自由だとほのめかすのである。「そうすることで、神々は、弱き者を強くなさっている。／そうすることで、神々は暴君を倒すのだ」(第一幕第三場九一～九二行)。

ブルータスもまた専制政治から逃れようと考えていることは、すぐ観客にもわかるが、その思いは自殺へは向かない。「やつを倒すしかない」(第二幕第一場一〇行)――その言葉は、誰かとの会話で言われるのではなく、舞台上の誰かに漏れ聞かれることもない。ブルータスは、はっきりと人払いをしている。真夜中、自分の果樹園で、一人きりで考えるのだ。「やつ」が誰なのか、「しかない」とは何の話なのか、明示されることはない。観客は、前置きさえないまま、思考の真っただ中に飛び込む。

やつを倒すしかない。個人的には
何の恨みがあるわけでもないが、
人々のためだ。やつは王になりたがっている。
それでやつの性格がどう変わるのか、それが問題だ。

蝮《まむし》は、明るい日差しに誘われて出てくる。
だから、気をつけて歩かなければ。やつに王冠を――そこだ。（第二幕第一場一〇〜一五行）

シェイクスピアはこれまでこんな台詞を書いたことはなかった。これは一体どういう意味なのか？

ブルータスは、「人々」――つまり、大衆のため――を考え、「個人的な」理由と対置しているが、その長い独白を見てみると、抽象的な政治談議と特定の個人の話のあいだに明確な線は引けない。ブルータスはシーザーと心理的にも特殊な関係にあり、相手がどう動くのか読めず、互いの思惑はぼんやりとしかわからない。「なりたがっている」とか「どう変わるのか」とかいった曖昧な表現が、思いつめた心の入り組んだ思考の中をチラチラ揺らめきながら道筋をつけていく。ハムレットの有名な言葉を予期させる「それが問題だ」という反響する表現が、ブルータスの思考の流れ全体を瘴気《しょうき》のように包み込む。

古代ローマ人は、考える人よりもむしろ行動の人として偉大でありたいと願っていた。世界制覇を夢見るローマ人は、哲学的探究や、神経過敏な沈思黙考などはギリシャ人に任せておけばよいと思っていた。しかし、シェイクスピアは、ローマの公的なレトリックの裏側に、何が正しい道なのかわからずに悩み、どうして行動に駆り立てられるのか半分も認識していないために困惑して葛藤する人々がいることを見抜いていた。しかも、ローマ人は世界という大舞台で動いているため、ますます危険は大きく、その秘められた個人的な動機には、公的な大惨事を惹き起こしかねない強い力があった。

「それが問題だ」とブルータスは言うが、何が問題なのかは言っていない。いくつかのさまざまな問題が混ざりあって彼を苦しめているのだ。自分が愛し、命を懸けて守りたい共和政ローマにどれほどの危険が迫っているのか？　キャシアスはブルータスに何を求めているのか？　大差し出された王冠を三度も拒絶したシーザーが暴君になる可能性はどれくらいあるのか？　大惨事を起こさないようにする最上の策は？　自分とシーザーとの親密で長きに亘る友情は、自分がなす決断にどう関わるのか？　ただ傍観していたほうがよいのか？

諺のような民間の知恵——「蝮は、明るい日差しに誘われて出てくる」——は、「だから、気をつけて歩かなければ」という警戒を呼ぶ。そのあと、一貫性のない、文法的にもおかしな叫びとなる——「やつに王冠を——そこだ」——これは、どうやらブルータスの心にふと浮かんだ幻想のかけらが言葉になったもののようだ。そして、台詞は、自然界と社会の話をまぜこぜにし、自分の目で確かめたことと個人的な幻想をごっちゃにし、一貫性のないまま、定めであるかのように、暗殺計画へと続いていく。それが公的に正しいとする言い方は、まるで殺害者が実行前に作成するプレス・リリースのようだ。

そしてこの議論は、現在の彼を
論ずるものではない以上、
こう言葉にしてみよう。今の彼が増長すれば、
これこれの暴走をするだろうと。

（第二幕第一場二八〜三一行）

ここで目撃されているのは、ジュリアス・シーザー暗殺という、世界史上重要な出来事が生まれた経緯だが、それを内と外から眺めることが求められているのだ。『ジュリアス・シーザー』の登場人物たちは、はっきりした政治的・哲学的原則との関係で自分を規定しようとする。キャシアスは、エピクロス学徒であると自ら言っているから、人が幸せなのか不幸せなのかは、神々や運命のせいではなく、人間自身のせいでしかないと信じていることになる。キケロは、懐疑派の哲学者たちと同様に、「人は自分の好きなように物事を解釈し、／その本当の意味を度外視しがちだ」（第一幕第三場三四〜三五行）と主張する。ブルー

タスはストア派であり、前兆だの縁起だのに無関心な冷静さがある。劇の後半で、妻が死んだと知ってからも、知らなかったふりをして、完璧な自制を示そうとする――「では、さらばだ、ポーシャ」(第四幕第三場一八九行)。しかし、計算された振る舞いは、そうしたストア派の原則に嘘はないのかと疑いをさしはさむことになり、哲学的な一貫性を持つ者は何度も危うさをさらけ出す。

ジュリアス・シーザー、アントニー、キャシアスはもちろんのこと、登場人物の誰一人として、理想的人物となりえないのみならず、安定した立場にいない。ブルータスが一番理想的人物に近く、劇の最後の瞬間に、アントニーは彼を「ローマ人の中で最も気高い人」だったと褒め称える(第五幕第五場六八行)。しかし、これは勝利者の非常に皮肉な公的宣言であり、ブルータスの思考がどんなに暗く、混乱して、矛盾していたかは我々が見てきたとおりだ。それにもかかわらず、あらゆる選択を悩ます不確かさの中で、何をすべきか決める必要があり、ブルータスはシーザーを殺すことにしたのだ。共和政を救うには、この抜本的な方法しかないと信じて、それぞれ独自の複雑な動機を抱えた共謀者の仲間にブルータスは大きな威信を与え、三月十五日という運命の時に、その仲間とともに、友の体にナイフを突き刺したのだ。

「かがめ、ローマ人よ、かがめ」と、ブルータスは、暗殺直後、仲間に語る。

そして、我々の手をシーザーの血に
肘まで浸し、剣にも血を塗ろう。
それから、市場まで歩いていき、
我らの赤い武器を頭上に振りかざして、
皆で叫ぶのだ、「平和、自由、解放!」と。

（第三幕第一場一〇六～一一一行）

これから何世代にも亘って、我ら仲間はローマの救済者として祝われるであろうと、ブルータスは想像する。その行為は正義であり、自分たちは冷笑的な政治家ではなく、気高い理想を持つ人間であればこそ、正義の人とみなされると信じていたのだ。

ただし、そうはならなかった。人々の動機は、大声で叫ばれたスローガンよりもずっと複雑なものが絡み合っていたし、気高い理想を掲げたところで現実世界の行動というものは思いもよらぬ皮肉な結果になりえてしまうものなのだ。ブルータスは、名誉や正義や自由といった理想は、純粋な形で存在しうると夢見ていて、卑しい計算や小汚い妥協とは無縁だと思っていた。だが、純粋な思いから行動するという強い原則主義が、シーザーと一緒にアントニーをも殺すことを拒否させ、それゆえに政治的な大失態をしてしまう。と言うのも、アントニーは単にシーザーの忠実な部下であっただけではなく、優秀な扇動政治家《デマゴーグ》であって、シーザーの遺体を前にしたその有名な演説――「友よ、ローマ人よ、仲間たちよ、耳を貸してくれ……」（第三幕第二場七一行）――は内戦に火をつけ、共和政を――共謀者たちが救おうとした体制を――崩壊させることになるのだから。

ブルータスは自分の動機が私利私欲や暴力などに穢されないように望んだが、そんな希望は幻想にすぎないことをシェイクスピアははっきりと示す。ブルータスは、シーザーによって表象される脅威――専制政治の脅威――を、シーザーを倒さずになくしたいと願っていたが、そんなきれいごとの無血の自由解放などありえないことはブルータスでさえわかっていたことなのだ。

ああ、シーザーの精神だけとらえて、
シーザーを殺したくないものだ！　だが、ああ、
シーザーは血を流さねばならぬ。

（第二幕第一場一六九～七一行）

他の共謀者たちは暗殺の直後にアントニー殺害を望むが、ブルータスは血を流したくないと言う。シェイクスピアはそんなブルータスの気持ちをからかっているわけではない。むしろ、それはある種の精神の気高さを示すものであり、アントニーとその一派がさっと機会をとらえて敵を殺してしまう冷笑的な日和見主義であるのと、はっきりした対照を示している。しかし、純粋な夢は、あまりにも非現実的にすぎ、皮肉な目でしか見られない。しかも、それは、一般ローマ市民の移り気さを完全に考慮し損ねているのである。

『ジュリアス・シーザー』は、この劇が無慈悲にも描く精神的・哲学的ジレンマに解決を与えることはない。視界の曇らぬ理解ができる瞬間などないし、フィリパイの渦巻くような戦いの結果を完全に読み違えて自殺してしまうキャシアスはもちろんのこと、シーザーの亡霊につきまとわれるブルータスにしてもまわりがはっきり見えていない。この悲劇ほど、政治的不安、混乱、暗中模索ぶりを徹底して表象したものはない。シーザーが暴君のような権力を掌握するとまずいからと、政治体制の崩壊を防ごうとした結果、国家の崩壊を招いたのだ。共和政を守ろうとしたまさにその行為が、共和政を破壊した。シーザーは死ぬが、この劇の最後で、シーザー主義とも呼ばれる独裁君主制は勝ち誇ることになる。

第10章　抑えることのできる頭角

個人と同様、社会も、反社会的な病質者から身を守ろうとするものだ。外部のみならず内部からやってくる有害な脅威を認識して処置できる力がなければ、私たちは種として生き残ることはできない。共同体は、その内部の一部の人たちが危険になれば敏感に反応し、その人たちを疎外ないし追放しようとするものだ。

ところが、特別な状況下では、思っていたよりも防衛がむずかしい。と言うのも、潜在的暴君に備わっている危険な特質は有用な場合があるからだ。この両刃の剣の有用性をシェイクスピアが最高に描いてみせた歴史上の人物が、ガイウス・マルキウスだ。コリオレイナス(コリオラヌス)の名のほうが知られている人物であり、その激しい攻撃性、尊大さ、そして痛みをものともしない強靭さによって、紀元前五世紀のローマの防衛において大きな成功を収めた戦士である。シェイクスピアは、愛用の種本であるプルタルコス著『英雄列伝』にその話を見出し、自らの最後の悲劇としたのだ。

『コリオレイナス』の設定は遙か古代だが、劇はどういうわけか喫緊の課題を扱っている。イングランドにおける食糧不足は、時期的な収穫難と絡んで、何世代にも亘って騒々しい大衆の抗議を生み、緊急救済策を求めて暴動が起きていた。一六〇七年、大規模な暴動が中部地方で起き、ノーサンプトン州からレスター州やウォリック州まで急速に広がった。何千もの怒った群衆は、高値を見込んで穀物を貯蔵する憎むべき慣習を批判し、地方の地主が公共の土地を違法に囲い込むことをやめるように要求した。

その暴動の首謀者ジョン・レノルズは、「パウチ（袋）大将」と呼ばれていた。小さな袋を持っていて、その魔法の中身は抗議者たちを守ってくれるとされていたからだ。レノルズは、仲間に非暴力を呼びかけ、皆のものであるはずの土地を地主が自分のために囲い込みをするのをやめさせようと、囲い込みの垣根を壊したり、堀を埋めたりする程度でたいてい満足していた。地方の警吏たちは落ち着いていたが、土地の所有者たちはかなり警戒していた。シェイクスピア自身、ウォリック州に土地を持っていて、大掛かりでないにしろ、やはり穀物を貯蔵していたので、地主の心配はよくわかっただろう。それゆえ、この騒ぎにどう対応すべきかが問題だった。

エリートたちは、この抗議にどう対処すべきか急ぎ議論し、食糧を配給し、囲い込みをやめようとする者もあれば、断固たる態度で対処すべきだと言う者もいた。「説得する必要などない」と、シュルーズベリー伯は弟のケント伯に手紙で書き送っている。「四十頭か五十頭のよく手入れのされた馬で、そうした裸の浮浪者ども一千人を轢《ひ》き殺して、粉々にしてやるまでは」(注19)。この冷酷な議論は実際に広くなされていたものだ。一六〇七年六月、十二人の抗議者が地主たちの武装した召し使いたちに殺され、パウチ大将は逮捕されて、絞首刑となった。(当時の年代記作家によれば、その袋に入っていたのは「緑のチーズだけ」だったという。)こうして中部地方の叛乱は終息した。

シェイクスピアの劇は、古代ローマの食糧騒動ではじまり、コリオレイナスはその状況をおさめるためにシュルーズベリー伯とほぼ同じような考えを示している。仲間の貴族がその誤った同情をやめてくれさえしたら、コリオレイナスは――

剣を用いて、切り裂いた奴隷ども何千人も
積み重ねて、この槍で突き上げられるほど
高い死人の山を築いてみせる。

(『コリオレイナス』第一幕第一場一八九～九一行)

――と言うのである。ところが、貴族たちは暴徒をなだめるために五人の護民官に民衆の利益を代弁させるという政治的な方策を与えることにしたので、コリオレイナスは激しく嫌悪する。コリオレイナスにしてみれば、護民官一人でも多すぎるのだ。平民などに代弁者は要らないと、彼は考える。ただ、その運命を上から命じられていればいいのだ。

貴族側――「右翼」の一派と劇中で呼ばれている――の大きな関心は一つだけだ。すなわち、(現在なら経済政策と呼ばれるものによって)極めて不均等な富の分配を行い、貴族が集めた財産を守ることだ。このためなら、貴族らは何だって犠牲にするつもりだ。貧民の福祉や命でさえ犠牲にしてもかまわないのである。

裕福な貴族は、下層階級の労働に依拠している。ロンドンは、市壁の外の畑で汗する農家の労働や、市内の労働者、職人、召し使いらの労働や、ロンドンを敵から守るための軍隊に勤める兵卒らの労働に頼っている。だからこそ、貧民が絶望して、ついに道具を放り出して暴動を起こすとき、貴族らは少なくともその要求を少しは呑もうと譲歩するのだ。しかし、そうやって譲歩したからと言って、実際に依拠していることを感謝するわけではない。それどころか、エリート階級は貧民を(とりわけ都会に住む貧民を)食糧を求める無駄な口の群れとみなし、経済的枯渇の原因と考えている。結局のところ、土地とその実入り、家々、工場などほとんどが貴族の所有なのだ。この所有体系の頂きから貴族にとって、実質的に何も持たない貧民は食客のようなものだ。貴族階級の軍人たちも同様であり、幼少から戦い方を仕込まれ、武装して激しい軍馬に乗り、戦闘で輝き、名誉の勲章をつける軍人たちにとって、包囲戦の道具を引きずり、装備を運び、恐ろしい矢の雨から身を守ろうとする貧民など、臆病者の群れでしかない。

シェイクスピア劇において、貴族が貧民に対する義務を認める場面が挙げられるとすれば、コリオレイナスが敵の町コリオライ(この街を制圧したことから、彼は「コリオレイナス」という名誉の称号を得たのだ)を落としたあと、自分の司令官に願い事をするという極めて象徴的な場面ぐらいであろう。「願い事を言い給え。かなえよう」と、将軍は感謝を籠めて言う。「願いとは?」コリオレイナスは、コリオライにて「ある貧しい男の家に泊めてもらい、親切にしてもらった」と答える(第一幕第九場七九~八一行)。その男は、今ローマ側の捕虜となっているというのである。捕虜となっていかなる運命へと引き立てられるのかもわからぬまま連行されていた男はコリオレイナスを見つけて大声で呼んだのだが、まさにそのときコリオレイナスは敵の大将と戦うべく戦場へ駆けつけるところだった。「怒りが哀れみより優ったのです」と、コリオレイナスは言う。「どうか私を泊めてくれた男を/釈放してやってください」(第一幕第九場八四~八五行)。将軍は心を動かされ――「その男がわが息子を惨殺したものであろうと、/風のように自由にしてやろう」(第一幕第九場八六~八七行)――と言って、男の名を尋ねる。あいにくなことに、コリオレイナスはその名を忘れていた。

貴族にとって平民に名前などないのだ。それでも、ローマでパンを求めて暴動を起こした貧しい人々は、少なくとも自分たちの声を上に届かせることはできた。収穫が悪くても、貴族らが手放す気にさえなれば、餓えを防ぐに十分な穀物が貯蔵されていると、人々は叫ぶ。ところが、金持ちは、市場の価格を落とすくらいなら、蔵の中で穀物を腐らせたほうがいいのだ。しかも、根本的な問題は、貯蔵者の強欲以上に、国家全体の経済システムが貧富の収入の差を狭めるのでなく悪化させるようにできていることだ。

税法を定め、経済上の取り決めをした貴族には、このシステムを作った責任があるわけだが、もちろんそんな意図など認めない。シェイクスピアは、メニーニアス・アグリッパという温厚な政府の代表を、会話上手の有能政治家として上手に描き、金持ち側でありながら、巧みに庶民の味方として振る舞わせている。庶民の窮状に親身になって同情しつつ、「善良な友、わが正直な隣人」(第一幕第一場五五行)と呼ぶ暴徒らに、飢饉を起こした悪天候は貴族のせいではないと言うのだ。暴力では何も解決しないから、辛抱して祈りなさいと忠告し、貴族が自分たちより恵まれない人たちに対して施す「慈善」を当てにするように言う。

「やつらは、俺たちのことなんか、どうだっていいんだ」と、群衆の一人が野次る。

俺たちが餓え死にしても、やつらの倉庫には穀物がぎっしり。高利貸しを守るために高利貸しの条例を出し、金持ちに不利なまっとうな法律はせっせと廃止して、貧乏人を縛りつけ、動けなくするひでえ法令を毎日布告する。

（第一幕第一場七二〜七七行）

ここで無名の市民が行っている訴えは、鋭く、筋が通っている。これはジャック・ケイドとその酔っ払った暴徒が血を求めて騒ぐ世界とは違う。群衆の中の声が、必要以上の、あるいは使える以上の富を持つ連中がほかの者が餓えても平気でいられる理由について、鋭いが納得のいく説を語る。この場面がはじまるところで、「俺たちがどいつもこいつもみじめで痩せ衰えていればいるほど、連中が肥え太っているのが特別めでたいってわけだ」（第一幕第一場一七〜一八行）という声がする。あまりにも大勢の貧民を目にすると、金持ちはなおさら満足するのだ。

メニーニアスは、体の各部がお腹に対して起こした叛乱という有名な寓話を語って反論する。体の各部は、ぼくたちは見たり聞いたり歩いたりして一所懸命働くのに、お腹はただじっとして食べてばかりいると文句を言う。もちろん、寓話がやがて明らかにするように、お腹は怠けているわけではなく、「体全体の／倉庫であり店」なのである。目に見えないけれども、いつも働いて、必要な栄養を体の各所へ届けている。ローマ貴族の元老院議員たちは、まさにこの栄養分配の仕事をしていると、メニーニアスは主張する。元老院議員たちがいればこそ、人々の生活が恵まれたものになっているのだ、と。

君たちが受けている公的な恩恵は、
彼らから君たちへ届いているのであって、
君たち自身からは出ていない。
（第一幕第一場一四二〜四五行）

そう考えれば、何もかもまずは富裕層の財布に入るのは正しいのだ。きちんと消化されたのち、適正な量となってほかの皆に流れていくのだから。

腹をすかせた暴動者たちが、このエリート階級の消費についての御伽噺めいた弁明で納得したかどうかは、不明である。このときメニーニアスの友コリオレイナスが登場すると、この保守的政治家はそれまで大衆に示していた打ち解けた気さくな態度を突如やめてしまう。英雄的軍人は、そんな見せかけの顔を取り繕ったりはしない。政治的に巧みな保守派ならつける、より親し気で親切そうな仮面をつけるのを拒否して、コリオレイナスはその政策を温和な寓話に包み込んだりするどころか、民衆を皆殺しにしてやりたいという、右翼ならではの声を発する。ローマが宿敵ヴォルサイ人に攻撃されそうだという知らせが入らなければ、その脅しは実行されていたかもしれない。知らせを聞いたコリオレイナスは喜ぶ。戦争が天職だからのみならず、うまくいけばそれで「烏合の衆」どもが大勢消えてくれるからだ。「それはよかった」と、コリオレイナスは歓喜する。「黴臭《かび》い余計者たちを／一掃できるな」(第一幕第一場二二六〜一七行)。と言うのも、この激烈な闘士にとって、施し物で生きているような貧民は、かびた残飯のようなものだからだ。さっさと片づけて、窓を開けるに限るのだ。

父親のいないコリオレイナスの無慈悲な心理と政治は、その母親である厳格なヴォラムニア譲りのようだ。「あの子がまだか弱く幼い一人っ子だったときも、美しく成長して皆の注目を集めたときも——王様が一日侍らせるように求めたときでさえ——母親なら一時間たりとて目の届かぬところに置きたくはありませんからねえ、私は……あの子が名誉を得られそうだとなれば、あえて危険を求めさせました」と、ヴォラムニアは自慢する。彼女は、軍事的栄誉という究極の目的を果たすように息子を育てたのである。「残酷な戦争に、あの子を送り込みました」(第一幕第三場五〜一二行)。

ヴォラムニアがここまで子供の名声と名誉にひどくこだわるのは、異様にも思える。自分の腹を痛めた一人っ子の息子は、彼女が自分の重要性を見る鏡となる。それ以外のことはどうでもよくなるのだ。息子の「か弱」い体を守ることに母親としての興味はない。それどころか、息子がローマの敵と戦って受けた傷を見て勝ち誇る。この母親にとって、戦いの傷は美しいのだ。

ヘクターに乳を与えた
ヘキュバの胸も、ギリシャの剣を蔑んで、
血を噴き出したヘクターの額ほど
見事ではなかったでしょう。
（第一幕第三場三七〜四〇行）

息子の育て方の異様さは、赤ん坊に乳を吸わせる母親のイメージが、傷口から血が噴き出る光景へ不思議にも変わってしまうところに凝縮している。

ヴォラムニアと、コリオレイナスにとっては父親代わりのメニーニアスが、最近の息子の業績の知らせに興奮するぞっとする場面がある——二人は、傷に興奮するのだ。「どこに傷を受けたのですか？」メニーニアスは熱心に尋ねる。「肩と腕です」（第二幕第一場一三二〜三六行）と、ヴォラムニアは答える。母親はすでに、共和政ローマの最高の官職である執政官候補に息子がなるとき、この傷が政治的に有利になるだろうと、先を考えている。「あの子が立候補したときに人々に見せる大きな瘢痕《はんこん》となりましょう。」二人の老人は、そのグロテスクな項目リストを数え上げる。

ヴォラムニア　こないだの遠征の前には
二十五の傷がありました。
メニーニアス　今では二十七です。その一つ一つの傷が
敵の墓となりました。
（第二幕第一場一三六〜四五行）

とても人間の体を描写しているとは思えない。ラッパの音がコリオレイナスの登場を告げると、母親はまるで武器を表現するのにふさわしいような言い方をする。

あの子の前には
騒音があり、あとに残すのは涙です。

あの子のたくましい腕には、暗い死神が宿り、
腕を上げ下げすれば、人が死んでいく。
（第二幕第一場一四七～五〇行）

まったく親孝行な息子であるコリオレイナスは、母を喜ばせる傷を受けただけでなく、母が望むとおり、自分を非人間的なものへと変えてゆく。戦闘で、畏怖に打たれた将軍がコリオレイナスを語るように、「頭からつま先まで／まさに血の塊だ」（第二幕第二場一〇五～六行）。そして、コリオレイナスは自分が「塊」となったように、他人も物に代えていく。彼にとって、一般の人たちは「奴隷」「烏合の衆」「犬」「かさぶた」でしかない。彼は通っていくときに何もかも打ち据え、燃やし、殺してしまう。

劇の冒頭近く、コリオレイナスの妻ヴァージリアが、友人と会話をし、幼い息子さんはどうしているかと尋ねられる。「元気ですよ」と、彼女は丁寧に答えるが、この返答は、軍国主義の祖母ヴォラムニアにはふさわしくない。「あの子は、学校の先生より、剣を見たり太鼓の音を聞いたりするのが好きですからね」と、祖母は孫の自慢をする（第一幕第三場五二～五三行）。コリオレイナス自身の子供時代の価値観が垣間見えるとすぐに、友人は祖母を喜ばせるとわかっている逸話を語りだす。「水曜に半時ばかりご一緒していました」（第一幕第三場五五～五六行）。

将来有望の小さなお孫さんは、なんていう「きっぱりとした顔つき」をしていらしたことか！「キラキラした蝶々を追いかけ、それを捕まえては放して、また追いかけて、何度も繰り返して追いかけては捕まえていらしたけど、転んだのでカッとなさったのか、どうしたわけか、噛みついて引きちぎってしまったんですよ。まあ、ほんとに、粉々にしてしまって！」(第一幕第三場五七〜六一行)。

なぜこの子は蝶々を粉々に引きちぎって遊んだのか？「父親の気性」(第一幕第三場六二行)だと、ヴォラムニアはうれしそうに答える。コリオレイナスは、ヴォラムニアのような母親によって生み出されたのだと考えざるを得ない。最も恐ろしいときのコリオレイナスでさえ、極めて危険な小さないたずらっ子なのだ。確かに、偉大な戦士ではある。人々はその命令に従い、その前で震える。彼は生死の力をふるう。街を救うことも破壊することもできる。多くの家族を根絶やしにすることも、国全体を脅かすことも、ありとあらゆるところにその影を落とすことができる。だが、その脅威は、彼の子供じみた考え方を消し去ることはない。

文明化された国家では、指導者は少なくとも最低限の大人らしい自制心があるとみなされ、思いやりや、品位や、他者への敬意や、社会制度の尊重が期待される。コリオレイナスはそうではない。そうしたものがない代わりに、育ちすぎた子供のナルシシズム、不安定さ、残酷さ、愚かさがあり、それに歯止めをかける大人の監督も抑制もないのだ。この子が成熟するように助けるべきであった大人は完全に欠如していたか、もしいたとしても、この子の最悪の特質を強めてしまったのである。

この子の育ちによって生まれた一連の特徴――怒りっぽさ、脅したがる無情さ、共感の欠如、妥協の拒絶、圧倒的な支配欲――は、コリオレイナスが戦争で成功する理由となっている。だが、物語が問うのは、戦場でローマ軍の先頭に立ってそうした最高権力をふるうのではなく、国家においてそんな権力をふるうとどうなるかということだ。

戦場ですばらしい活躍をしてきたコリオレイナスは、凱旋し、受けるにふさわしい盛大な大歓迎を民衆から受ける。「私は見ました、／口のきけぬ者たちが群がり集まって彼を見るのを」と、使者が伝える。

そして、目の見えぬ者たちは彼の話を聞きに群がりました。
彼が通っていくとき、年配のご婦人は手袋を投げ、
婦人や乙女たちはスカーフやハンカチを
投げます。貴族たちは、ユピテル像に向かうように

頭《こうべ》を垂れ、庶民どもは、帽子や歓声を
雨あられと降らせています。

（第二幕第一場二四九〜五五行）

彼は街の守護者なのだ。
今こそ、コリオレイナスが執政官として立候補する絶好の時だと、母親やその他の貴族の指導者一派は考える。確かにその政治的見解は極端で、しかも歯に衣着せぬ言い方でそれを表明してしまうが、富裕層は都市の暴動の圧力に負けて行った譲歩を今や後悔していた。コリオレイナスが執政官となれば、失ったものを取り返してくれるだろう。最初から彼は、平民に政治的代表など認めるべきでないし、平民を保護する施策など要らないという強固な立場を表明していた。「やつらは、腹がへっているとぬかして」と、彼は餓えた群衆を軽蔑する。

溜め息交じりに諺を言いやがった。
餓えは石の壁を壊すだの、犬も食わねばならぬだの、
食い物は食べるためにあるだの、神々は、
金持ちのためだけに穀物を送ったのではないだのと。

（第一幕第一場一九六〜九九行）

彼にとってこれは「黴臭い余計者」の声なのだ。こんなやつらは餓え死にしたほうが、ローマはよりよくなると考えている。

ヴォルサイ人との戦いのあと、右翼的見解をポピュリズムの温厚さでカモフラージュして用心していたメニーニアスでさえ、強硬策を採るようになる。もはや下層階級をなだめたり、妥協したりする理由はないのだ。「オレンジ売りの女房と栓売りのおやじの揉め事を聞いて午前中をすっかりつぶしているだけだ」と、彼は護民官たちを馬鹿にして言う。「君たちは、ひどい平民という群れの番人だ。君たちの話を聞いていると、こちらの脳がおかしくなる」(第二幕第一場六二～六三、八五～八六行)と、冷笑しながら別れるのだ。ローマの政治界の新潮流は、暴力をもてあそぶ下劣なものであった。

ヴォラムニアは、政治的機会が生まれた今こそ、息子は情況に適応して政界に入り、平民の票を集めるだろうと考える。だが、息子は、母が求めることをそもそもしたがらない。こうした連中を「あぶく銭で売買される／襤褸をまとった下郎ども」(第三幕第二場九～一〇行)と呼ぶように教えてくれたのは母上ではありませんかと、コリオレイナスは指摘する。幼児期から彼を、強情で、怒った、誇り高い破壊者に育てあげたのは、ヴォラムニアなのだ。妥協などできぬと拒むことで、コリオレイナスは自分に忠実でいられる。つまり己の育ちに従っているわけだ。実にしぶしぶと立候補の儀式をするのに同意するのは、母親の執拗な抑圧を受けてのことだ。

執政官候補はほかにもいたが、英雄軍人であるコリオレイナスは圧倒的な人気を得ていた。彼を候補とすることは元老院でもすんなり認められ、唯一残る課題は、彼が平民の大多数の票を勝ち得ることだが、そのすばらしい戦勝記録や無償の働きを鑑みれば、票はもう獲得したも同然のはずだった。あとは人々の前に姿を現して、戦の傷を見せる儀式をしさえすればいいのだ。もちろん、理屈を言えば、投票者は反対票を入れることも可能だ。彼が平民の味方でないことはわかっているのだから。それでも、ローマへの軍事的な功績に心から感謝している多くの人たちは、賛成票を入れる気になっていた。自分たちの階級としての利益に反するとしても、その「声」を彼に与えるつもりだったのだ。

この劇の裕福な貴族たちは、貧民を無価値とみなすが、逆は真ではない。シェイクスピアは、謙虚な人たちが、自分たちの利益と義務、権利と恩義とを秤にかけて、街のあちこちで話している様子を描き出す。「あの人が俺たちの声を求めてるなら」と、一人の平民が言う。「断っちゃいけないだろ。」「断りたければ断ってもいいですよ」と、別の者が応じる。「我々にはそうする権利がある」と、三人目が応える。「だが、その権利を行使する力はないね」（第二幕第三場一～五行）。まさにこれこそ自由選挙の小さくとも重要な困惑であることを、シェイクスピアは描いている。

選挙の仕組みは、誰もがこの仕組みに根本的な敬意を持っていることが前提となる。実に単純なことだが、コリオレイナスは、昔からの通常のやり方に従って、人々の声を求めなければならない。ところが、彼の反民主の過激主義には、こんな些細な敬意の表明でさえむずかしい。裕福な貴族たち、つまり彼と同じ階級、同じ価値観を持つ人々には、義務を表明する――「わが命と職務を／皆様に捧げます」（第二幕第二場一三〇～三一行）。だが、平民に対しては、何もしてやる義務はないと断るのだ。

ここで、百戦錬磨のプロの政治家である平民の護民官シシニアスとブルータスが、その真価を発揮する。シェイクスピアは、二人の動機や手段について、少しも感傷的な描き方をしない。二人は冷笑的で、正々堂々としておらず、裏で画策をする叩き上げの政治家であり、何よりも自分の立場を守ろうとする。二人が代表する平民は容易に意見を変えてしまう。あるときは戦争英雄のコリオレイナスに喝采したかと思えば、あるときには「あいつをぶっつぶせ」などと叫んで処刑か追放を求め、どうしようもないほど混乱する。そうではあっても、護民官たちが人々にわからせようとしているのは、コリオレイナスが代表している貴族連中は実は平民の敵であるという単純な真実だ。

コリオレイナスはその傲慢さや過激主義、そして激しい気性ゆえに引きずりおろせると正しく見積もった護民官たちは、きちんとした手続きを守るように頑強に主張する。すなわち、候補者は、人々に投票を求める義務を免除されてはならないと言うのだ。自分たちのチャンピオンを執政官にしたがっている貴族たちは、コリオレイナスにそのプライドを抑えて、真似事でいいから人々に話しかけてくれと頼む。「連中に君のことをよく思ってもらうよう／願わなければならない」と、メニーニアスは告げる。「俺のことをよく思うだと？」コリオレイナスは憤慨する。「あんなやつら、くたばっちまえ！」「どうか、話しかけてくれ、まともなやり方で話すんだ」と、いらだったメニーニアスは促すが、「やつらに顔を洗って、／歯を磨けと言うんだな」と、皮肉な返事しか返ってこない(第二幕第三場五一〜五八行)。

コリオレイナスが嫌な人間であることに変わりはないが、劇は、少なくとも他の貴族たちと比べて、コリオレイナスに対して奇妙にも同情的だ。貴族たちはコリオレイナスに、選挙されるためには、その強固な信念はこの際、脇へ置くようにと促す。つまり嘘をついて迎合し、デマゴーグを演じろというわけだ。一旦執政官の地位に就いてしまえば、本来の立場を取り戻し、貧民に対して行った譲歩を巻き戻す時間はたっぷりあると言う。政治ゲームにはよくある手だ。生まれついてあらゆる特権を持っていて、自分より下の連中を内心軽蔑していながら、選挙期間のあいだはポピュリズムのレトリックを口にして、選挙に勝ったとたんに手のひらを返すという、あれである。頭を撫でつけた政治家たちが建築現場での集会でヘルメットをかぶるのと同様に、ローマ人たちはこれを因習的な儀式としていたわけである。つまり、選挙の立候補者はその豪華に染め上げたローブを脱いで、市場に入って、ぼろぼろの白い服――「謙遜の着古された服」(第二幕第一場二三二行)――を身につけなければならないという儀式だ。そして、戦争で受けた傷があるなら、履歴書のようにその傷を見せ、人々に投票を呼びかけるのである。

コリオレイナスは、この見せかけのジェスチャーが嫌でたまらなかった。仲間が求めるとおりにしようと努力はするが、不快で吐き気がしてしまう。その言葉を借りれば、「どこかの人気者の魅力を真似て」みようとはする。つまり、成功した政治家のカリスマ性を真似ようとする。しかし、「思わせぶりなうなずき」(第二幕第三場九三～九五行)は完全なフェイクであり、彼の全存在にあまりに明らかに矛盾しているので、うまくいかない。最初、人々は、疑わしきは罰せずとして、彼に投票しようと約束するのだが、なんだか馬鹿にされたような不安な気持ちで市場での集会をあとにする。ブルータスとシシニアスが、コリオレイナスは「諸君の自由に

／反対していた」(第二幕第三場一七一～七二行)と群衆に思い出させ、その不安を後悔に変えて、意見を変えさせ、支持を取り消させるのは容易なことだった。

この流れは、激しい政治戦における教訓として、シェイクスピアは理解している。一旦決まったように思えても、簡単にだめになるのだ。一瞬、貴族階級の元老院議員たちが勝ったかに見えた。忠告されたとおりにコリオレイナスは市場に立って、必要数の「声」を獲得するのに成功したのだから。ところが、あともう一歩あった。たいていは形式上のことだが、得票数の公式の確認をしなくてはならない。背水の陣を敷いたブルータスとシシニアスは、この形式的手続きを利用して、選挙そのものを頓挫させてしまう。

護民官たちは、敵であるエリート階級と同じぐらいずるく、相手の裏をかこうとする。対立する民主主義があまりに高潔すぎて、あの手この手で権力を掌握しようとする政治勢力に太刀打ちする力がなければ、専制政治は止められないと、シェイクスピアは考えたのだろう。コリオレイナスの裕福な仲間は、選挙に勝つためには本当の考えを隠すように促す。護民官たちは、最後の最後に意見を変えるように仕向けた自分たち(護民官たち)の役割を隠せと、平民たちに言う。「我々のせいにするがいい」(第二幕第三場二二五行)と、二人は悪賢く提案する——つまり、護民官たちに圧力をかけられて、ついコリオレイナスを支持してしまったけれど、あの人の執念深い敵意と嘲笑を思い出して、支持を取り消すことにしたと言えというのである。

人々がそのとおりにすると、コリオレイナスは激怒し、選挙が終わるまでは隠しておいてくれと貴族たちが必死でお願いしていた民衆への憎悪を爆発させる。あんな有象無象どもの機嫌を取ろうとするなんて、「叛乱、尊大さ、扇動」(第三幕第一場六八行)を呼ぶだけだと、彼は息巻く。貧民など「麻疹《はしか》」であり、権力に少しでも近づけたら、病気が移ると言う。友人たちはコリオレイナスを黙らせようとする。友人たちも同じように思ってはいるのだが、公にはしたくないのだ。だが、コリオレイナスは黙らない。国家に権力は二つあってはならないと、彼は断言する。貴族階級が平民を支配するのが当然であるが、そうでないなら、社会秩序そのものがひっくり返る。「連中が元老院議員となるなら、／あなたがた貴族は平民だ」(第三幕第一場九八〜九九行)。最低限の社会保障——飢餓を防ぐための無料の食糧供給——など、そんなものは「不従順を育み、／国家の荒廃を招いてきた」にすぎないと言う(第三幕第一場一一四〜一一五行)。このような大言壮語を聞いたあとで、護民官ブルータスは当然ながらこう問いかける——「こんなことを言うやつに、／人民が票を入れるだろうか？」(第三幕第一場一一五〜一一六行)。

ついにコリオレイナスが何もかもぶちまけてしまったので、すべては明るみに出る。より穏健な元老院議員たちは、人民の健康の重大な危機を回避し、大掛かりな社会抗議運動が起こらないようにする程度にわずかに譲歩する気はあった。人民の投票は抑えながらも、わずかな代表のようなものは認めたのだ。ところが、偽善や迎合が我慢ならないコリオレイナスにとって、その「わずか」が許せない。貧民は餓え死にすればいいというのが、彼の穏やかな提案だ。飢饉でのらくら者の数が減り、生き残った連中も施し物をそれほど求めはしないだろう。そうした施しをするから、下層階級は自立しないのであり、福祉政策それ自体、ある種の麻薬のようなものだと彼は考える。

必要なのは、平民が欲しがっているものの実は平民自身をそして国家をも傷つけているに過ぎないものを、貴族が勇気をもって、平民から取り上げることなのだと、コリオレイナスは公に断言する。つまり、食糧無償配布を廃止するのみならず、貧民に政治的な声を与える護民官制度自体をやめるということだ。平民の代表制を制限する――要するに、選挙妨害、脅迫、選挙区改正といったことのローマ版を行う――だけでは十分ではない。コリオレイナスは、より抜本的方策を提案する。「大衆の舌を引っこ抜け。／甘い汁を舐めさせるな。／やつらには毒だ」(第三幕第一場一五二～五四行)。根本的に、ローマの共和政を壊そうというわけだ。

護民官らは直ちにコリオレイナスを謀叛の罪で訴える。「人民の福利の敵であり、／謀叛人の改革者」(第三幕第一場一七一～七二行)として逮捕を求めるのだ。実際のところ、コリオレイナスの急進的な提案は平民のみならずエリート階級をも脅かす――注意深く作ってきたイデオロギー上のおおいが壊れてしまうからだ。両陣営が衝突したとき、メニーニアスは、「両方の側とも敬意を払ってくれ」と求める。争い合えば、「街を崩壊させ、瓦礫にしてしまう」と元老院議員の一人が言う。「人民がいなくて、何が街だ？」と、シシニアスが反駁し、追従者《ついしょう》たちはそのフレーズをスローガンのように繰り返す――「人民こそが街だ」「人民こそが街だ」（第三幕第一場一七七～九四行）。

今や内乱が起ころうとし、コリオレイナスや貴族たちの軍事力にもかかわらず、圧倒的数によって怒りの民衆が優位に立つ。貴族のコミニアスは、「数え切れぬほどの圧倒的な多数を敵に回したぞ」と落ち着いて語る。もう一度暴徒を説得する役回りとなったメニーニアスは、いらいらと「あの男はもっとましな口はきけなかったのか？」（第三幕第一場三二八行、五六行）と言う。そして今度は、コリオレイナスを市場に連れ戻し、法律に従わせ、その嫌疑に答えさせる役回りをも引き受ける。

コリオレイナスにそうさせるのは一筋縄ではいかぬことだ。メニーニアスは、この説得にヴォラムニアの助力を得る。ヴォラムニアもまた、依怙地《いこじ》なコリオレイナスが執政官に選出されるまでのほんの短いあいだも取り繕えないことに痺れを切らしていた。「連中がおまえを否定する力を失う前に／おまえがその気性の激しさを見せさえしなければ、／おまえの気性を非難する声も／これほどではなかったでしょうに」（第三幕第二場二〇～二三行）と、母は息子に告げる。コリオレイナスの答えは、「あんなやつら、縛り首になればいい」であり、それに対して母親は「ええ、そして燃やしてしまえばいい」（第三幕第二場二三～二四行）とつけ加える。しかし、人々を罵ったところで、問題は解決しない。唯一知的な方策は、コリオレイナスが、これまでエリート階級がそのやり方を知っていたことを行うことだと、母親は言う。

人々に話しかけるのです。
自分の考えに従ってではありません。
また、心に浮かんだことでもなく、
舌先に暗記した言葉を言うのです。
それはおまえの産んだ言葉ではなく、
おまえの心の真実とは無関係の音です。
（第三幕第二場五二～五七行）

嘘をつけというのだ。誰だってそうしますと、母親は請け合う。「おまえの妻も、息子も、ここにいる元老院議員も、貴族たちも」(第三幕第二場六五行)。

コリオレイナスが惹き起こした危機を解決できるかどうかは、コリオレイナス次第なのだ。彼が支払わなければならない代価は、たった一度だけ、政治家のように振る舞うことだけだ。だが、彼にとって、この代価は、耐えがたいほど高い。コリオレイナスの存在におけるすべて――母親から摂取した激しい高潔さ、プライド、支配する精神――が、そんな卑しい役回りを演じることを拒絶する。しかも、そのように身を落とせと促すのがまさに自分の母親であるから、なおさら耐えがたいのだ。「お願いだから、優しい息子」と、母親は言う。

おまえが言ったように、
私が褒めたから、おまえはまず兵士になった。
だから、今度も、私が褒めてあげるから、
これまでやったことのない役を演じてご覧なさい。

(第三幕第二場一〇七～一一〇行)

ヴォラムニアは、息子の男気が今問題になっていて、息子が最初から母親を喜ばせようとしてその全アイデンティティを形成してきたことを重々承知している。息子の体をおおう傷は、人々に演劇的に見せるためにつけられたものではない。母親のためだけに捧げられる飾りなのだ。ところが今、あろうことか母親は、息子が頑張りすぎていると言う――「そんなに頑張らなくても、／おまえは十分男らしいのですよ」(第三幕第二場一九～二〇行)。あるいはむしろ、母親が求めているのは、違った、もっとつらい形の自己虐待なのかもしれない。コリオレイナスからしてみれば、母親は自分に、乞食になれ、悪党になれ、泣きじゃくる学童になれ、淫売になれと言っているようなものなのだ。それよりもさらにひどいのは、彼の「戦場での雄叫び」を「宦官の声のように／小さく」しろと求めているのだ(第三幕第二場一一二～一一四行)。わかりましたと彼は言う。母親のためだったら、実際、去勢もしようと言うのだ。「母上、私は市場へ参ります」(第三幕第二場一三一行)。

結局、投票を求めようとした最初の努力と同様に、コリオレイナスの政治家を演じようという試みは大失敗に終わる。護民官たちは、彼が精神的に安定していないことを知っており、その弱点をしっかりと衝く。歴史的に意義のある政府を蔑《ないがし》ろにしたのは、自ら暴君になろうとしたからにほかならないと非難するのだ――「あなたは自ら独裁権力の座に就くために、／ローマからあらゆる由緒ある／役職を奪おうとした」(第三幕第三場六一～六三行)。それゆえに、あなたは「人民に対する謀叛人だ」と、護民官たちは宣言する。謀叛人と言われるだけで、コリオレイナスが抑えがたい怒りに逆戻りするきっかけとして十分であり、その結果、彼は追放を宣告される。

目的を達した狡猾な護民官たちは戦略的退却をはじめる。「こうして力を発揮した今となっては」と、一人が言う。「これまでよりもずっと／謙虚に見えるように振る舞おう」(第四幕第二場三〜五行)。しかし、護民官たちはこれまでずっと狡猾であったものの、嘘をついていたわけではなかった。コリオレイナスは確かに、平民から公民権を奪えと貴族たちに迫ったのだ。もし彼が執政官に選ばれていたら、そうしていたことはまちがいない。そして、追放がなされたあとも、脅威は終わらなかった。ローマ側のスパイが、ヴォルサイ人の内通者と会って、貴族たちが「人民から全権力を奪い去り、護民官も永遠になしにしようとしている」(第四幕第三場一九〜二二行)と伝える。

この上流階級の計画について当惑するのは、コリオレイナスが追放されたあと、ローマは誰にとってもこんなに繁栄したことがないと思われるほど上向きになったことだ。抗議や暴動は起こらず、一般市民は静かに満足していた。護民官の一人は、この平和と静けさは、コリオレイナスの貴族仲間を恥じ入らせるだろうと抜け目なく言う。

世の中がこんなにうまくいって赤面しているだろう。
やつらは、職人たちが店で鼻唄交じりに、
仲良く仕事をしているよりは、不平不満の連中が
街中練り歩いてくれたほうがいいんだ。
それで随分手を焼いたとしても。

（第四幕第六場五〜九行）

よくあるひねくれたパターンだ。特権階級は、国家の秩序を保つには権力が必要だと論じる。コリオレイナスは、「貴族の元老院だけが……／神々の次に、おまえたちを恐れ入らせる。さもなきゃ、／おまえらは互いに食らいあうんだ」（第一幕第一場一七七〜七九行）。そして、富裕階級がまちがっているとわかると——国が、富める者も貧しい者も、より民主的な体制下で繁栄するようになると——鎮圧しようとしていたはずの混乱を求めるのだ。

コリオレイナスはどうだろうか？　その怒りは、自分が国家に対する謀叛人だという訴えに対するものだった。ローマのためにこれまで自分の気高い血を流してきたというのに、先ほど言及したヴォルサイ人に通じている下層階級のスパイ同然の扱いをされたわけである。だが、追放の末に、コリオレイナスはまさにヴォルサイ人を頼るのだ。「わが故郷を憎み」と、彼は

言う。「わが愛を／敵の都市へ向けよう」（第四幕第四場二三〜二四行）。

　この筋のねじれは、考察に値する。まるでロシアを憎悪することで長く知られてきた政党のリーダーが——武力で威嚇し、ライバルの政治家たちを謀叛人と訴えてきたような人物が——密かにモスクワへ逃れて、クレムリンに仕えようというようなものだ。コリオレイナスの戦争英雄主義の源がどのようなものであれ、それは人民への愛や、ローマという抽象概念への忠誠とは無関係なのだ。かつては仲間の政治家たちとの絆を感じていたが、その社会的階級から見捨てられ、「奴隷どもの声によって、／ローマから野次り出された」（第四幕第五場七六〜七七行）と、コリオレイナスは考える。その苦々しい言葉で、自分の故国をどう思っているのかがはっきりとわかる——自分が投票のためにその声を求めた一般大衆はすべて「奴隷」なのであり、「臆病者の貴族」は、いざというときに、コリオレイナスの屈辱的な追放を阻止すべく街中を血だらけにするのを拒んだ腰抜けというわけだ。今彼は、この「腐った国」（第四幕第五場七四、九〇行）全体への復讐を望むのだ。

　コリオレイナスがヴォルサイ人の首都アンティウムに到着したとき、敵の大将タリウス・オーフィディアスに殺されても文句は言えなかった。なにしろ敵の血を大量に流したのだから。だが、オーフィディアスは、この追放された男がかつての故国に抱く怒りを利用することができると理解する。「絶対的な武人よ」と、オーフィディアスは彼を呼び、ヴォルサイ軍の半分の指揮を彼に任せ、「おまえは祖国の強みも弱みもわかっているのだから／その経験を生かせ」と言って、軍事計画を練る許しを与える(第四幕第五場一三八〜三九行)。

最初、コリオレイナスが寝返って、敵軍を率いて攻め込んでくるという噂でローマじゅうがもちきりになったとき、護民官たちは信じようとしなかった。街は繁栄して平和なのだから、そんな心配は、「弱虫どもがコリオレイナスの帰還を望む」(第四幕第六場七〇行)よう仕向けようとして一部の貴族が流しているフェイク・ニュースだと言う。メニーニアスでさえ、宿敵同士のコリオレイナスとオーフィディアスが手を組むはずがないので、噂はありえないと信じている。だが敵軍接近がフェイク・ニュースではないとわかると、貴族の反応はなかなかのものとなる。コリオレイナスが寝返ったと騒いだり、これまで愛して守ってきた何もかもを乱暴にも裏切ったと罵ったりせず、平民に嫌味を言ったのだ——「大したことをしてくれたよ、／君とそのエプロンをつけたお仲間は」と、メニーニアスは護民官たちを嘲笑する。「ニンニク臭い息の／職人どもの声にあんなにこだわってくれたおかげだ」(第四幕第六場九五〜九八行)。労働者階級が、その臭い息と生意気な態度で、自分たちの声を聞いてもらおうとしたのがいけないというわけだ。コリオレイナスではなく、民衆が、ローマを裏切ったというのである。

護民官たちは自分たちの代議制を再確認しようとする。「うろたえるな」と、二人は民衆に告げる。恐ろしい知らせは、「自分たちでも恐れながらも／そうであってほしいと願う」(第四幕第六場一四九〜五一行)連中がもたらしたのだ。その観察は正しく、貴族は平民を憎むあまり、コリオレイナスの裏切りを不本意ながらも歓迎しているのだ。しかし、庶民には恐れる理由がある。劇は、歴史的修正主義が直ちにはじまる様子を皮肉に描き出す。「あの人を追放したとき、やめといたほうがいいって言ったんだよ」(第四幕第六場一五四〜五五行)と、平民の一人が言う。「皆そう言ってたよなあ」と、もう一人が応える。

シェイクスピア劇のクライマックスとなる第五幕は、コリオレイナスがローマに何ら忠誠心を持たず、貴族にも、友人コミニアスにも、父親代わりであるメニーニアスにも、妻ヴァージリアにさえも忠誠心がないことを確認する。「俺の専制政治を許してくれ」と彼は妻に言う。「だが、だからと言って／「ローマ人を許して」とは言ってくれるな」(第五幕第三場四三〜四四行)。コリオレイナスは絶対妥協はしないと決めているのだ。執念深い破壊の神のように、コリオレイナスは、ヴォルサイ軍を率いてローマの門前でキャンプを張って、人々の喉を切り裂き、女子供を奴隷にしようとする。実際にそうするかどうかは、彼の母親の調停次第だ。ヴォラムニアは、息子に乞い、叱りつけ、その前で跪いて見せて息子を仰天させる。まるでコリオレイナスに生を与えたのは母親ではなくヴォルサイ人のようだと、母親は言う。「この人は、ヴォルサイ人の母親から生まれたに違いない」(第五幕第三場一七八行)。この訴えに対して、コリオレイナスはついに崩れる。「ああ、母上、母上!／何をなさったのです?」(第五幕第三場一八二〜八三行)。そして、街を救い、攻撃をやめて、平和条約を結ばせたのだ。

ローマは救われるが、コリオレイナスにとって、もはや故郷への凱旋はない。ついさっきまでローマを灰にしようとしていたところだったのだ。その代わり、ヴォルサイ人のアンティウムへ行くことにするが、自分の立場が危うくなっていることはわかっている。「あなたはローマに幸福な勝利を勝ち取りましたが」と、彼は母に言う。「だが、息子に対しては──ああ、信じてください、信じて──／最も危険な説得をやってのけたのだ」(第五幕第三場一八六〜八八行)。

オーフィディアスは、かつての敵と権力を分けあうつもりも信頼するつもりも毛頭なく、直ちにコリオレイナスの死を画策する。このローマの将軍はヴォルサイ人に人気があるから、迅速に行動しなければならない。コリオレイナスはヴォルサイ人に名誉ある平和をもたらしたのだ。署名された平和条約をヴォルサイ人の元老院へ運ぼうとするコリオレイナスを、オーフィディアスが止める。

それを読んではなりませんぞ、諸卿。
こいつは、あなたがたの権力を
濫用した謀叛人です。

（第五幕第六場八三〜八五行）

ヴォルサイ人もローマ人と同じだ。コリオレイナスは謀叛人の汚名を着せられ、ふたたびその言葉で怒りを爆発させるのだが、今度は、仲間の貴族たちが仲裁に入ることもなければ、追放が宣告されて事態が収まったりもしない。オーフィディアスは、ヴォルサイ人たちに、誰に忠誠を誓うべきかを思い出させる。と言うよりも、受けた損失を思い出させるのだ。「こいつを引き裂いちまえ！」群衆が叫ぶ。誰もが、コリオレイナスが殺したヴォルサイ人のことを思い出したのだ。「あいつは私の息子を殺した！——私の娘を！——従兄のマーカスを殺した！——親父を殺した！」共謀者たちが剣を抜いて迫りくるとき、コリオレイナスが耳にした最後の言葉は、まさに彼の残酷な生き方を象徴するものだった——「殺せ、殺せ、殺せ、こいつを殺せ、殺せ！」（第五幕第六場一二〇〜一二九行）。

この劇のクライマックスで、ローマをコリオレイナスの破壊力から救ったのは、この暴君自身の個性だった。コリオレイナスという人を特徴づけている精神的な問題が最後には彼自身の死をもたらすのだ。「世界広しといえども、おまえほど母親に恩義を受けている者はいない」と、ヴォラムニアは言う(第五幕第三場一五八〜五九行)。感謝した元老院議員たちは、コリオレイナスの母親をローマ救済の英雄として祝うように人々を焚きつける。しかし、最後の門前の場面が終わるよりずっと前に、ローマを専制政治から守ったのは護民官なのだ。人々を行動に駆り立てた叩き上げの政治家たちだ。下品で、私利私欲のこの役人たちは、どこにでもいる民主国会で激しく中傷されているプロの政治家たちとよく似ているが、それでも威張り屋の軍人に立ち向かい、普通の人々——職人や食糧雑貨商、労働者やポーターたち——が自分たちの投票を考え直す権利を主張したのだ。その頑固な主張と、巧みな策略がなければ、ローマは「唯一の王座を独占しようとして/助力をしりぞけた」(第四幕第六場三三〜三四行)男の手に落ちていたはずなのだ。二人の護民官をたたえる像が立てられはしないが、彼らこそローマの真の救世主なのである。

結部

これは、ずっと昔、言論の自由を守る憲法もなければ、民主主義社会の基本的形もまだなかった、かなり異なった政治体制の社会の話である。シェイクスピアが子供のころ、ジョン・フエルトンという裕福なカトリック教徒が、ローマ教皇の正式な宣言の写しを柱に貼りつけて、「女王はイングランドの真の女王であったことはない」と断言したために、首吊り・内臓抉り・四つ裂きの刑にあった。数年後、ジョン・スタッブズというピューリタンが、女王とカトリックのフランス人との縁談を非難する小冊子を書いたために、公的処刑人により右手を切り落とされた。その小冊子を配布した者も同様の刑を受けた。政府から有罪と判断された発言・執筆をした者には比較的厳しい罰則が、エリザベス女王とジェイムズ王の治世のあいだ続いたのである。

シェイクスピアは、そのようなおぞましい処刑に立ち会ったことがあるに違いない。そうした処刑を見ながら、ぎりぎり受け入れられる表現の限界を思い知っただろうし、耐えがたい苦痛と苦悩の瞬間に人間はどうなるものかということも学んだだろう。さらには、大衆が抱く恐怖と欲望についてもいろいろわかっただろうが、それこそまさに劇作家の十八番《おはこ》とすべき感情だった。シェイクスピアの芸術家としての力は、人々からもらいうけたものだ。繊細なパトロンの家に居候をして文芸同人のための作家となるのではなく、大衆に深いスリルを味わわせるのと交換に一ペニーを手放させる大衆エンタテイナーとなろうとしたのだ(注20)。

そうしたスリルを提供するため、しばしばきわどい橋を渡ることになった。だからこそ、道徳家や牧師やロンドンの役人たちが劇場閉鎖をしょっちゅう要求したのだ。だが、シェイクスピアは、どこに危険があるのかわかっていた。国王が「異教徒、教会分離派、暴君、異端者、あるいは王位簒奪者」であると「著述、印刷、説教、発話、言葉」で断言すれば謀叛であることはもちろん知っていた。そして、劇作家にとって、影響力ある現在の人物や論議中の話題に批評的考察を加えるのは、魅力があると同時に危ないことも承知していた。仲間のトマス・ナッシュは、扇動の嫌疑で逮捕令状が出て逃亡したし、ベン・ジョンソンは似たような嫌疑で投獄され、トマス・キッドはルーム・メイトのクリストファー・マーロウの調査中に拷問を受けて、やがて死亡した。マーロウは女王の秘密警察員に刺殺された。注意深く歩かないと危険だった。

斜にかまえるのが得意中の得意であるシェイクスピアは、直接的な状況から遠くへ想像力を飛ばした。投獄回避のためにそうしたわけではない。この貴族やあの司教の権威を崩そうとかかる不満分子では毛頭なかったし、君主に反抗したり大衆を扇動したりするつもりも毛頭なかったからだ。シェイクスピアは、劇場の実入りや、不動産投資や、商品売買や、時折のちょっとした金貸しによって、裕福になろうとしている途中だったのだ。混乱などに、興味はなかった。シェイクスピアの作品には暴力を深く忌むところがあり、とりわけ体制側の指導者に対していわゆる実力行使的な暴力をふるうことすら、よしとしなかった。

だが、その作品を見ると、政府お墨つきの「従順さの説教」のような決まり文句――選挙や処刑といった公的催しでオウム返しに唱えられ、さらに上の聖職禄を手にしたくて必死になっている無節操な牧師が詳しく語るような反動的なお定まりの文句――を毛嫌いする様子も見える。おそらくシェイクスピアは、政府の公的政策は、意図されたものと正反対の効果をもたらしていると考えているのだろう。公的政策とは、権力の座に就いた人たちを祝い、ひどい経済格差を絶対認めず、トップにいる者を神が依怙贔屓《えこひいき》してくれますようにと常に願い、最も近代的な懐疑主義を毛嫌いするやり方だ。と言うのも、そんな政策では、社会全体の価値観――誰が偉くて誰が卑しいのか、何が善で何が悪とされるのか、真実と嘘のあいだのどこに線が引けるのか――がとんでもないいんちきだという感覚が強まるだけだからだ。ほぼ百年前に事態をもっと明確に表現してみせたのは、シェイクスピアがリチャード三世を描く際に依拠したサー・トマス・モアだ――「現代世界に広がっている社会体制を考えるに」と、モアは『ユートピア』に記している。「金持ちの陰謀としか見えないのだ。神よ、助けたまえ。」

シェイクスピアは、言うべきことを言う手段を見出していた。舞台上で誰かを立たせて、二千人の聴衆に「犬だって権力をもてば、人を従わせられる」と語らせたのだ――中には政府の回し者もいたはずなのに。金持ちは、貧乏人なら厳しく罰せられるようなことをしても、罰を逃れることができる。「罪を金でメッキすりゃ」と、この人物は続けて言う。

正義の強い槍も突けずに折れる。
襤褸《ぼろ》で武装すれば、こびとの藁しべでも突き通せる。

こんなことを居酒屋で言おうものなら、両耳を切り落とされかねない。だが、この言葉は毎日堂々と話されても、警察は呼ばれない。なぜか？　なぜなら、こう言っているのは、狂気のリアだからだ（『リア王』第四幕第五場一五三、一五五〜五六行）。

これまで見てきたように、シェイクスピアは、社会が崩壊するさまを、生涯を通して考察してきた。人間の性格を見抜く異様に鋭い感覚を持ち、デマゴーグも嫉妬するような言葉を操る技をもって、シェイクスピアは巧みに描いたのである——混乱の時代に頭角を現し、最も卑しい本能に訴え、同時代人の深い不安を利用する人物を。激しく派閥争いをする政党政治に支配された社会は、詐欺的ポピュリズムの餌食になりやすいとシェイクスピアは見ている。そして、暴君の野心を呼び起こしてしまう扇動者は必ずいるもので、暴君の野心が惹き起こす危険を承知していながら、成功した暴君をコントロールできると思い込んで、暴君が既成の社会制度を攻撃すれば利益が得られると期待しているのだ。

シェイクスピアは、たいてい統治能力ゼロの暴君が、新たな政治プランもないまま、本当に権力を掌握するとどんな混沌が生じるかを繰り返し描いている。たとえ比較的健全で安定した社会でも、暴君になれそうな無慈悲で無節操な人物から攻撃されない手段はあまり持ち合わせていないし、正統な為政者が安定を失って不合理な振る舞いを見せはじめたときに対処することもできないと、シェイクスピアは考えた。

シェイクスピアは、暴君の手に落ちてしまった社会を襲う恐ろしい結果から目を逸《そ》らさない。「あわれ、惨めな国よ」と、マクベスのスコットランドで、ある人物は嘆く。

　怖くて己の姿を知ることもできぬほど。

母国とは呼べぬ。墓地だ。微笑むものは
何一つない、何一つわからぬ愚者はいざ知らず。
溜め息と、うめきと、叫びが空気を劈《つんざ》くが、
誰も気に留めぬ。激しい悲しみは
ありふれた狂気となる。

（『マクベス』第四幕第三場一六五〜七〇行）

シェイクスピアは、そうした苦しみを起こす者を排除するには、暴力や悲惨さが必要になることをすっかり了解していた。しかし、希望がないわけではなかった。前へ進む道は、暗殺ではない。そんな自暴自棄のやり方では、何よりも防ごうとしたまさにそのものを惹き起こしてしまうとシェイクスピアは考えた。むしろ、作家人生の最後のほうで想像していたように、最上の希望は、集団生活のまったくの予測不能性にある。誰か一人の命令に無思慮無批判に皆で従わないようにするのだ。数えきれないほどの要素が常に働いていれば、ブルータスのような理想主義者であろうと、マクベスのような暴君であろうと、先を見通すことはできない。マクベス夫人が言ったように、「いきなりもう未来にいる気持ち」（第一場第五場五六行）になることはできないのだ。

劇作家として、シェイクスピアは、この予測不可能性を極めて重視した。複雑に絡みあう筋の劇を書き、王様と道化をごっちゃにし、ジャンルとしての期待を裏切り、常に解釈を役者や観客に任せたのである。そもそも演劇の仕組みとして、極めて多様で偶然に集まった観客が最終的に物事の解決をつけるものだという暗黙の了解がある。シェイクスピアの同時代人のベン・ジョンソンは、観客は席料としていくら払ったかに応じて劇を評価してよいとしたらどうかなどと夢想したことがある――「誰でも自分の席の価値に応じて、六ペンス分、十二ペンス分、十八ペンス分、二シリング分、半クラウン分の判断をしてよいとしたら公平なのではないか」(注21)。劇場にいる誰もが劇を判断する同じ権利を持っていて、どんなにとりちらかっていても、集団で下した結果こそが、劇の成功か失敗かを最終的に決めるのだというシェイクスピアのはっきりとした確信から、ベン・ジョンソンの考えほど遠いものはない。

『コリオレイナス』において、ローマがかろうじて専制政治から逃れ得たさまを描いたときにも、似たような考えが働いていたようだ。逃れ得たのには複雑に絡みあった要因があった。貴族の主人公の精神的な不安定さ、その母親の説得力、人民に与えられた小規模の代議制、投票者の振る舞いや、人民が選んだリーダーたちといったさまざまな要因だ。こうしたリーダーに対して人はつい皮肉な見方をしてしまったり、そうしたリーダーを信頼するお人よしの大衆に絶望しがちだったりすることをシェイクスピアは承知していた。リーダーはしばしば体面に傷があって堕落しており、群衆はしばしば愚かで、感謝を知らず、デマゴーグに翻弄されやすく、実際の利益がどこにあるのか理解するのが遅い。最も卑しい連中の最も残酷な動機が勝利を収めるように思える時代もある(時に長く続くかもしれない)。しかし、シェイクスピアは、暴君とその手下どもは、結局は倒れると信じている。自分自身の邪悪さゆえに挫折するし、抑圧されても決して消えはしない人々の人間的精神によって倒されるのだ。皆がまともさを回復する最良のチャンスは、普通の市民の政治活動にあると、シェイクスピアは考える。暴君を支持するように叫べと強要されてもじっと黙っている人々や、囚人に拷問を加える邪悪な主人を止めようとする召し使い、経済的な正義を求める餓えた市民をシェイクスピアは見逃さない。

「人民がいなくて、何が街だ?」

謝辞

もう一世紀も前のことのように思えるが、実はわりと最近、イタリアのサルデーニャの新緑におおわれた庭にすわって、私は近々の選挙結果について心配していた。友人の歴史学者ベルンハルト・ユッセンがどうするつもりだと聞くので、「私に何ができる?」と言ったら、「何か書けばいい」と言う。それで、そうすることにした。

それが本書の発端だ。そして、選挙が最悪の予想どおりになってしまってから、妻のレイミー・ターゴフと息子のハリーが、現在の私たちがいる政治世界にシェイクスピアは異様な関係性を持っているという話を私が食卓でするのを聴いて、その話をまとめるとよいと言ってくれた。そうして、本書が書かれた。

私の心からの感謝は、シェイクスピアの『リチャード二世』と失敗に終わったエセックス伯蜂起とのこんがらがった関係を理解する助けとなり、本書に鋭く常に役立つ反応をくれた才能ある文学史家ミーシャ・テラムラに捧げる。草稿を読んで寛大にして賢明な批評をしてくれたジェフリー・ナップにも感謝する。ニコラス・アトズィグとベイリー・シンコックスはテューダー王朝の謀叛法と暴政の演劇的表象を調べるのを大いに助けてくれた。しばしば共同授業をする友人ルーク・メナンドとジョゼフ・コアナーは、教室の内と外とを問わず、計り知れないインスピレーションを私に与えてくれた。いつものとおり、謝辞を捧げるべき大勢の人がおり、とりわけハワード・ジェイコブソン、メグ・コアナー、トーマス・リカー、シーグレッド・ラウジング、マイケル・セクストン、ジェイムズ・シャピロ、マイケル・ウィットモアに感謝する。私は世界じゅうの巨大なシェイクスピア研究仲間の友情と恩恵を受けており、以下に記すのはその一部である。F・マリー・エイブラハム、エリオ・アルヴェス、ジョン・アンドルーズ、オリヴァー・アーノルド、ジョナサン・ベイト、シャウル・バッシー、サイモン・ラッセル・ビール、キャサリン・ベルジー、デイヴィッド・バージェロン、デイヴィッド・ベヴィングトン、マリヤム・ビヤッド、マーク・バーネット、ウィリアム・キャロル、ロジェ・シャルティエ、ウォルター・コーエン、ロージー・コロンボ、ブレイダン・コーマック、ジョナサン・クリュー、ブライアン・カミングズ、トゥルーディ・ダービー、アンソニー・ドーソン、マルガレタ・ディ・グラツィア、マリア・デル・サピオ、ジョナサン・ドリモア、ジョン・ドラカキス、キャサリン・エガート、ラース・イングル、ルーカス・アーン、ユーワン・ファーニー、メアリー・フロイド＝ウィルソン、インディラ・ゴーシュ、ホセ・ゴンザレス、スザンヌ・ゴセット、ヒュー・グラディ、リチャード・ハルパーン、ジョナサン・ジル・ハリス、エリザベス・ハンソン、廣田篤彦、レイマ・ホカマ、ピーター・ホランド、ジーン・ハワード、ピーター・ヒューム、グレン・ハッチンズ、グレイス・アイオポロ、ファラ・カリム＝クーパー、デイヴィッド・カスタン、勝山貴之、フィリッパ・ケリー、ユウ・ジン・コウ、ポール・コットマン、トニー・クシュナー、フランソワ・ラロック、ジョージ・ローガン、ジュリア・ラプトン、ローリー・マグワイア、ローレンス・マンリー、リー・マーカス、キャサリン・マウス、リチャード・マッコイ、ゴードン・マクマラン、スティーブン・マローニー、カレン・ニューマン、ゾリカ・ニコリッチ、スティーブン・オーゲル、ゲイル・パスター、ロイス・ポター、ピーター・プラット、リチャード・ウィルソン、メアリ・ベス・ローズ、マーク・ライランス、エリザベス・サメット、デイヴィッド・シャルクウィク、マイケル・ショーエンフェルト、マイケル・セクストン、ウィリアム・シャーマン、デボラ・シューガー、ジェイムズ・サイモン、ジェイムズ・シンプソン、クウェンティン・スキナー、エマ・スミス、ティファニー・スターン、リチャード・ストライアー、ホルジャー・ショット・シーミー、ゴードン・テスキー、エイアナ・トムソン、スタンリー・ウェルズ、ベンジャミン・ウッドリング、そしてデイヴィッド・ウートン。本書に含まれるあらゆる誤謬は、もちろん、すべて私の責任である。オーヴリー・エヴァレットは、すばらしく才能があり、思いやりのある有能な助手だった。ノートン社のとりわけ目の利く校閲者ドン・リフキンは多くの貴重な示唆をしてくれたし、ベイリー・シンコックスも同様だ。本書でもまた、考えうる限り最高の著作権代理人ジル・ニアリムと、考えうる限り最高の編集者アレイン・メイソンに深く感謝する機会を得た。レイミー・ターゴフが本書の火つけ役となった話はすでにしたとおりだ。あとは、私から彼女への愛と、私のすばらしい、協力を惜しまない家族への愛を記すのみである。

原注

1 ブカナンからの引用は、George Buchanan, *A Dialogue on the Law of Kingship Among the Scots: A Critical Edition and Translation of George Buchanan's "De Iure Regni apud Scotos Dialogus,"* trans. Roger A. Mason and Martin S. Smith (Aldershot, U. K.: Ashgate, 2004) に依拠した。

2 法令(Treasons Act, 26 Henry VIII, c.13, in *Statutes of the Realm* 3. 508)には、「王が[教会分離論者であるとか、暴君であるとか、悪魔であるとか、王位簒奪者であるとかいうことを]はっきりした文書や言葉で、中傷ないし悪意をもって公言することは謀叛である」と規定されている。

3 Misha Teramura, "Richard Topcliffe's Informant: New Light on *The Isle of Dogs*," in *Review of English Studies*, new series, 68(2016), pp.43–59 参照のこと。おぞましいトップクリフは政府の悪名高い尋問係であり、そのサディズムは恐れられ、嫌われていた。トップクリフに拷問されたカトリック教徒ジョン・ジェラードは、彼のことを「イングランドで最も残酷な暴君」と呼んだ(46ページ)。テラムラは素晴らしい推理により、『犬の島』の場合、主たるタレこみをしたのは悪党ウィリアム・ユーダルであると特定した。

4 シェイクスピア作品からの引用はすべて、ノートン版シェイクスピア全集第三版(*The Norton Shakespeare*, 3rd ed., ed. Stephen Greenblatt et al., New York: W. W. Norton, 2016)に拠る。シェイクスピア作品の約半分が、権威ある古い版のクォート版とフォーリオ版の両方で残っている。特に注記がない限り、引用はフォーリオ版が底本となっている。どちらの版も *The Norton Shakespeare* のホームページで読むことができる。

5 Derek Wilson, *Sir Francis Walsingham: A Courtier in an Age of Terror* (New York: Carroll and Graf, 2007),

pp.179-80.

6 "On the Religious Policies of the Queen (Letter to Critoy)." 手紙にはウォルシンガムの署名があるが、明らかにフランシス・ベーコンが準備したものだ。ベーコンが一五九二年に執筆したが一八六一年まで刊行されなかった『名誉棄損に関するメモ』という著作に、これが出てくる。手紙は、エリザベス一世が「あまりにもあからさまな反抗的態度に出られない限りは、臣下の心や秘めた思いに窓をあけて覗こうとはせず、法的取り締まりを控えて、女王陛下の最高権力を悪意をもって故意に非難し問題視したり、外国の支配権を支持したり賞賛したりするといった明らかな不服従のみを制限した」ことを記している。Francis Bacon, *Early Writings: 1584-1596*, in *The Oxford Francis Bacon*, ed. Alan Stewart with Harriet Knight (Oxford: Clarendon, 2012) 1: 35-36 参照。

7 Alison Plowden, *Danger to Elizabeth: The Catholics Under Elizabeth I* (New York: Stein and Day, 1973) 所収の一五八〇年十二月十二日付のコモ大司教の手紙より。Wilson, *Walsingham*, p.105 も参照のこと。

8 Wilson, *Walsingham*, p.121.

9 F. G. Emmison, *Elizabethan Life: Disorder* (Chelmsford, U. K.: Essex County Council, 1970), pp.57-58.

10 John Guy, *Elizabeth: The Forgotten Years* (New York: Viking, 2016), p.364.

11 『夏の夜の夢』のオーベロンが、キューピッドの矢が当たらなかった「独身を誓った女王」(imperial votress) に言及するように、劇作家たちはエリザベス女王を賛美する言及をすることがあった。トマス・デカーの『靴屋の休日』(一六〇〇)では、女王らしき人物が短く登場する。

12 *How Shakespeare Put Politics on the Stage: Power and Succession in the History Plays* (New Haven and London: Yale University Press, 2016) において、歴史学者ピーター・レイク (Peter Lake) は次のように論じる——シェイクスピアは『ヘンリー五世』を執筆する頃までに「はっきりとエセックス派の論調」に染まっていた。「この

論調は、国家統一のために、カトリック（悪意のあるローマ・カトリックではない）という外国勢力の脅威に徹底抗戦をすることで君主の正統性は勝ち得られると論じるものだ」（５８４ページ）。この論が結局は妄想にすぎず、それゆえシェイクスピアもまたすっかり思い違いをしていたということは、「後世に残るような劇を書くためには、政治的に正しい必要はないし、少なくとも政治が正しくわかっている必要もないということになる」とレイクは結論づけている（６０３ページ）。

13 エセックスの侮辱は、サー・ウォルター・ローリーが死後出版した *The Prerogative of Parlaments*［sic］*in England*（London, 1628）, p.43 に書かれている。ローリーの見解では、エセックスの度を越した言葉のせいで「エセックスは頭を斬り落とされることになった。蜂起をしてもつながっていた首が、この言葉で落ちたのだ」。

14 Guy, *Elizabeth*, p.339.

15 政府のお墨付きの *Declaration of the Practises and Treasons... by Robert Late Earle of Essex* の中で、フランシス・ベーコンは、エセックスが実際にやろうとしたことを劇場で演じられるのを見てみたいものだとエセックスの執事のメイリックが述べたとほのめかしている。「旦那様は、そのうちにご自身で舞台から国家へと移されることになるあの悲劇を、ご自身の目でご覧になりたいものだと真剣にお考えでした」（E. K. Chambers, *William Shakespeare: A Study of Facts and Problems*, 2 vols.［Oxford: Clarendon, 1930］, 2: 326 に引用あり）。

16 25 Edward III, c.2 の法令により、下記は謀叛とされた。

我らが国王またはその［妃］または王位継承者であるその長男の死を企てたり想像したりした場合、あるいは国王の［伴侶］ないし未婚の長女ないし王位継承者である長男［の］妻を犯した場合、あるいは国王に対してその王国内で戦争をしかけた場合、あるいはその王国内外を問わず国王の敵に便宜を図り、その味方をした場合（*Statutes of the Realm*, 1. 319–20; 括弧は原文より）。

私は、このテーマについて、ニコラス・アトズィグの進行中の仕事より教えられた。

17 Jason Scott-Warren, "Was Elizabeth I Richard II? The Authenticity of Lambarde's 'Conversation'," *Review of English Studies* 64 (2012), pp.208–30 参照。

18 Chambers, *William Shakespeare*, 2: 212 所収の Manningham (1602) 参照。

19 *Narrative and Dramatic Sources of Shakespeare*, ed. Geoffrey Bullough, 8 vols. (New York: Columbia University Press, 1977), 5: 557 参照。同様に *The Arden Shakespeare: Coriolanus*, ed. Peter Holland (London: Bloomsbury, 2013), pp.60–61 参照。

20 シェイクスピアと現代の大衆エンタメとの類似については、Jeffrey Knapp, *Pleasing Everyone: Mass Entertainment in Renaissance London and Golden-Age Hollywood* (Oxford: Oxford University Press, 2017) 参照。

21 Ben Jonson, *Bartholomew Fair*, ed. Eugene M. Waith (New Haven: Yale University Press, 1963), Induction, lines 78–80 参照。

索　引

あ　行

アダム　55
アフガニスタン　32
阿呆　→道化
アポロン　165, 174
アルマダ艦隊　14
暗殺　8, 9, 12, 13, 17, 20, 59, 92, 96, 97, 124, 198, 199, 202, 245
アンジェロ　5
アンティウム　233, 236
アンティゴナス　166, 170, 171
アントニー　112, 194, 199–202
『アントニーとクレオパトラ』（シェイクスピア作）　16
アンドロニカス，タイタス　181
イエズス会士　11, 15
怒り　7, 33–35, 42, 45, 59, 62, 78, 80, 81, 111, 112, 124, 141, 152, 158, 160, 161, 163, 166–168, 186, 188, 192, 193, 208, 217, 227, 231, 232, 234, 237
イジーアス　78
一揆　→蜂起
『犬の島』（ベン・ジョンソン作）　4, 252
イーリー司教　95
陰謀（cf. 共謀）　7, 11–13, 15, 16, 37, 39, 58, 99, 100, 243
ヴァージリア　215, 235
ヴィシー（フランス）　183
『ヴィーナスとアドーニス』（シェイクスピア作）　19
ウィリアム征服王　104
ヴォラムニア　212–216, 219, 227, 229, 235, 238
ウォリック州　205
ウォリック伯　33, 40
ヴォルサイ人　212, 219, 231–233, 236, 237
ウォルシンガム，フランシス　10, 13, 253
ウッドヴィル，エリザベス（エドワード四世王妃）　79, 116–118, 181
裏切り　10, 52, 58, 62, 84, 87, 88, 124, 143, 161, 174, 235, 246
エクィヴォケーション（二枚舌）　9
エクストン　23–24
エセックス伯ロバート・デヴァルー　19–23, 25, 27, 28, 248, 254
エドガー　184–186
エドマンド　159, 184–186, 190
エドワード三世，イギリス王　41, 254
エドワード四世，イギリス王　60, 61, 63, 64, 71, 72, 74, 78, 79, 81, 89, 92, 110, 114, 191
エドワード五世，イギリス王　110
エピクロス学徒　198
エリザベス一世，イギリス王

3, 7, 10, 12, 20, 27, 240, 241, 253, 255
『オセロー』(シェイクスピア作)　78
オーフィディアス，タリウス　233, 234, 236, 237
オランダ　8, 9
オールバニ公爵　151, 157, 184, 186

か　行

カトリック　8, 10–15, 240, 252, 254
カミロー　161–164, 167, 171, 174, 175
『から騒ぎ』(シェイクスピア作)　78
観客　16, 18, 25, 42, 54, 64, 70, 76, 103–105, 108, 180, 188, 193, 195, 246
ガンジー　86
カンボジア　56
議会　32, 37, 49, 151
喜劇　17, 63, 108
キケロ　198
キッド，トマス　241
キャシアス　112, 193–195, 197–199, 202
恐怖　11, 15, 20, 23–25, 41, 55, 68, 70, 102, 124, 130, 132, 135, 138, 145, 148, 163, 172, 193, 240
共謀(cf. 陰謀)　2, 13, 25–27, 67, 86, 87, 95, 101, 108, 111, 164, 199, 201, 237
ギリシャ　17, 196, 213
キリスト教　6–7, 53
クォート版　39, 69, 101, 105, 252
『靴屋の休日』(デカー作)　253
宮内大臣一座　22, 25, 28
クラレンス公ジョージ　64, 74, 78, 79, 81, 87–93, 96, 97
グレゴリウス十三世，教皇　12
グロスター公リチャード　→リチャード三世
グロスター伯　78, 149, 183, 184, 188, 189
グローブ座　22, 26, 27
ケイツビー　86, 94–96, 109, 111, 114, 115, 118
ケイド，ジャック　4, 45–59, 61, 62, 210
懸念　→不安
権威　125, 169, 187, 241, 252
検閲　9, 16, 17, 26
ケント伯　150, 151, 153, 154, 158, 192, 205
権力　4–7, 13, 15, 17, 30, 34, 42, 44, 59, 60, 61, 63, 64, 67, 72, 74, 77, 85, 89, 97, 103, 105, 108, 112, 124, 130, 131, 148, 150, 181, 186, 187, 191, 202, 217, 224, 225, 231, 232, 236, 237, 242–244, 253
絞首刑　→死刑
拷問　9, 46, 175, 188, 189, 241, 247, 252
後彎症　70
コーディーリア　150, 152–154, 159, 160, 183–185, 188
孤独　72, 118, 124, 141, 145, 177
ゴネリル　151–154, 157, 183, 185, 190

コミニアス　227, 235
コリオラヌス，ガイウス・マルキウス　4, 204
『コリオレイナス』(シェイクスピア作)　16, 155, 204, 206–238, 246
コーンウォール公爵　151, 157, 184, 188–190

さ　行

裁判　10, 14, 21, 52, 54, 55, 96, 172, 174
サウサンプトン伯　19–21
サターナイナス　5, 181
サフォーク侯　36–38, 41
サマセット公　31–33, 36, 59
シェイクスピア，ウィリアム
　観客　→観客
　貴族(シェイクスピアが描く)　30–38, 206
　共同執筆　30
　材源　4, 6–7, 184
　宗教的背景　9–14, 240
　父息子関係　60, 78
　父娘関係　152–160
　当時の政治状況との関わり　4–6, 18–28, 204–205, 240–242
　人気　5, 16, 220, 223, 236
　母息子関係　69–71, 77–81, 212–216, 220, 228–230, 236–238
　歴史との関わり　→歴史
ジェイムズ一世，イギリス王　240
ジェラード，ジョン　252
死刑(絞首刑，処刑)　10, 11, 13, 21, 22, 26–28, 37, 38, 40, 54, 55, 86, 95, 98, 113, 183, 206, 221, 240
シーザー，ジュリアス　4, 112, 192–202
シシニアス　221, 224, 227
シシリア　17, 160, 162, 163, 170, 175
私生児　110
支配　15, 21, 24, 27, 34, 36, 37, 60, 66, 67, 70, 109, 131, 141, 148, 154, 160, 161, 172, 184, 188, 194, 217, 225, 229, 244, 253
市民喜劇　17
『尺には尺を』(シェイクスピア作)　5
『ジュリアス・シーザー』(シェイクスピア作)　112, 192–202
シュルーズベリー伯　205, 206
ショア，ジェイン　89
処刑　→死刑
心配　→不安
『シンベリン』(シェイクスピア作)　6
枢密院　20, 28, 151
スコットランド　2, 5, 7, 10, 16, 130, 182, 244
スタッブズ，ジョン　240
スタフォード，ハンフリー　55
スタンリー卿　93–95, 109, 183
ストア派　199
スパイ(秘密諜報員)　5, 9, 10, 12–14, 140, 160, 161, 180, 231, 232
スペイン　12, 14, 15
セイ卿　52, 53, 56

聖職者特権　54
政党　32, 33, 59–61, 233, 244
政府　4, 8, 12, 14, 21, 26, 28, 45, 57, 98, 151, 209, 230, 240, 242, 243, 252, 254
セシル，ロバート　20–22
選挙　5, 17, 49, 97, 98, 102, 221–226, 242, 248

た　行

退位　22, 154
『タイタス・アンドロニカス』（シェイクスピア作）　5, 181, 182
ダンカン王　124, 125, 127, 130, 134, 142
追放　10, 41, 151, 153, 154, 184, 192, 204, 221, 231, 233–235, 237
デカー，トマス　253
デマゴーグ　46, 48, 57, 201, 222, 243, 247
道化（阿呆）　47, 144, 154, 155, 185, 246
党派（cf. 派閥）　20, 34, 42
ドーセット侯　181
トップクリフ　252
トールボット　61

な　行

ナッシュ，トマス　241
『夏の夜の夢』（シェイクスピア作）　78, 253
二枚舌　→エクィヴォケーション
ネヴィル，アン（イングランド王妃）　80, 97, 101–103, 109, 114, 117

は　行

バッキンガム公爵　37, 86, 95, 96, 98–101, 109–111, 113, 131, 183, 191
パーディタ　171
バーナムの森　144
派閥（cf. 党派）　15, 30–36, 244
バビントン，アンソニー　13, 16
バーベッジ，リチャード　104, 105
ハーマイオニ　160, 163, 165, 167, 172–175, 177
ハムレット　86, 105, 120, 196
『ハムレット』（シェイクスピア作）　86
薔薇戦争　32–35, 42, 58–60, 64, 88
バンクォー　131–133, 135, 137, 138
ハンフリー公　30, 35, 37–41, 44, 59
ピウス五世，教皇　12
悲劇　3, 25, 27, 28, 37, 99, 156, 159, 185, 202, 204, 254
秘密諜報員　→スパイ
ビン・ラーディン，ウサマ　13
不安（懸念，心配）　7, 14, 15, 39, 40, 60, 77, 112, 126–128, 133, 139, 141, 148, 162, 166, 167, 171, 172, 180, 183, 193, 202, 205, 216, 224, 234, 244, 246, 248
フィリパイの戦い　202
フェルトン　240
フォーリオ版　101, 252

ブカナン，ジョージ　2, 252
ブードゥー経済学　46
腐敗　5, 17, 23, 49, 108, 155
『冬物語』(シェイクスピア作)　5, 160–177, 180
ブラウン派　15
ブラッケンベリー，ロバート　96
ブラバンショー　78
フランス　8, 18, 25, 36, 51, 52, 57, 58, 61, 183, 188, 240
プランタジネット，リチャード　→ヨーク公
フリーアンス　132, 133, 135, 138
ブルータス(『コリオレイナス』)　221, 224, 225
ブルータス(『ジュリアス・シーザー』)　120, 193–202, 245
プルタルコス　204
フレーヴィアス　192, 193
プロスペロー　78
プロテスタント　10, 11, 13, 15
ヘイスティングズ卿　85, 93–96, 98, 99
ベーコン，フランシス　253, 254
ヘンリー四世(ボリングブルック)，イギリス王　23, 78
『ヘンリー四世』二部作(シェイクスピア作)　6, 78
ヘンリー五世，イギリス王　25
『ヘンリー五世』(シェイクスピア作)　16, 18, 19, 21, 28, 253
ヘンリー六世，イギリス王　30, 35–38, 40–42, 58, 61–64, 69, 79, 97, 102
『ヘンリー六世』三部作(シェイクスピア作)　30, 35–42, 44–64, 66, 68–76, 78, 88
ヘンリー七世　→リッチモンド伯
ヘンリー八世，イギリス王　3, 172
蜂起(一揆)　8, 20–22, 27, 28, 45, 46, 56, 248, 254
暴動　8, 47, 59, 205, 207, 209, 211, 218, 231
ボエシ，エティエンヌ・ド・ラ　86
ポーシャ(『ジュリアス・シーザー』)　199
ボズワースの戦い　118
ポピュリズム　44, 219, 223, 244
ボーフォート枢機卿　37, 40, 41
ボヘミア　17, 160, 162
ポリクシニーズ　160, 162–164, 167, 174, 175
ポーリーナ　163, 166–171, 175–177
ボリングブルック　→ヘンリー四世
ボール，ジョン　55
ポル・ポト　56
ポンペイウス　192

ま　行

マーガレット(ヘンリー六世妃)　36, 37, 61, 79, 191
マクダフ　139, 141, 145, 183, 186
マクベス　2, 5, 120, 124–145, 148, 180, 182, 184, 244, 245

『マクベス』(シェイクスピア作)　7, 124–145, 182, 186, 187, 245
マクベス夫人　126–130, 133–135, 138–142, 182, 245
マニンガム，ジョン　104
マミリアス　163, 167, 174, 177
マルカム　130, 182, 184
民主主義　44, 60, 221, 224, 232, 238, 240
謀叛　3, 13, 14, 21, 25, 26, 37, 51, 52, 55, 61, 62, 96, 98, 100, 125, 126, 129, 130, 158, 170, 172, 174, 188, 226, 230, 232, 233, 237, 241, 249, 252, 254
メイリック，ゲリー　22, 25–28, 254
メニーニアス，アグリッパ　209–211, 214, 219, 222, 227, 234, 235
モア，トマス　68, 97, 243
モンテーニュ　86

や　行

野心(野望)　41, 44, 59, 60, 66, 75, 86, 87, 94, 183, 244
野望　→野心
『ユートピア』(モア作)　243
ヨーク公爵夫人(リチャード三世の母)　68, 69, 78
ヨーク公リチャード・オブ・シュルーズベリー(エドワード四世第二王子)　68
ヨーク公リチャード・プランタジネット　4, 31–33, 35–38, 41, 42, 44–46, 57–61, 63, 64, 72, 76, 78

ら　行

ラットランド公　78
ラトクリフ，リチャード　95, 96, 109, 115, 116, 118
ランバード，ウィリアム　27
リア王　4, 39, 78, 148–160, 175, 183, 185, 188, 192, 243
『リア王』(シェイクスピア作)　6, 39, 78, 148–160, 165, 183–192, 243
リオンティーズ王　5, 160–165, 167–171, 173–177
リーガン　151–154, 157, 183, 185, 190
リチャード二世，イギリス王　7, 22–25
『リチャード二世』(シェイクスピア作)　15, 22–28, 248
リチャード三世(グロスター公リチャード)，イギリス王　2, 5, 7, 63, 64, 67–81, 84–105, 108–111, 113–121, 124, 126, 130, 137, 138, 148, 155, 183, 184, 191, 192, 242
『リチャード三世』(シェイクスピア作)　16, 66, 68–70, 72, 76, 77, 79, 80, 84, 87–103, 105, 109–111, 113–121, 124, 133, 143, 181–183, 186, 187, 191
リッチモンド伯(ヘンリー七世)　118, 121, 181, 182, 184, 186, 187
『ルークリースの凌辱』(シェイクスピア作)　19
ルーシャス　181
レオナートー　78

歴史　4, 17, 26, 32, 49, 97, 180, 204, 230, 235, 248, 253
歴史劇　6, 7
ローマ　4, 11, 17, 181, 193, 196, 197, 200, 204, 206, 208, 209, 211–220, 226, 231, 233–238, 246
ローマ・カトリック教会　8, 10, 254
ローマ教皇　11, 240
ローマ市民　→ローマ人
ローマ人（ローマ市民）　4, 196, 199, 201, 202, 223, 235, 237
ロミオ　105
ローリー，ウォルター　15, 20–22, 254
ロンドン　4, 14, 16, 18–20, 25, 27, 31, 46, 49, 52, 88–90, 92, 96, 98, 100, 104, 108, 110, 121, 207, 241
ロンドン塔　27, 88–90, 92, 96, 110

スティーブン・グリーンブラット(Stephen Greenblatt)

1943年，マサチューセッツ州ボストンに生まれる．イェール大学，ケンブリッジ大学卒業．カリフォルニア大学バークレー校教授を経て，ハーヴァード大学教授．シェイクスピア研究の世界的大家．『一四一七年，その一冊がすべてを変えた』(*The Swerve*)でピュリッツァー賞，全米図書賞を受賞．

河合祥一郎

東京大学教授．ケンブリッジ大学と東京大学より博士号取得．著書に『ハムレットは太っていた！』(白水社，サントリー学芸賞受賞)，『シェイクスピア』(中公新書)，『シェイクスピアの正体』(新潮文庫)，『謎解き『ハムレット』』(ちくま学芸文庫)，NHK テキスト 100 分 de 名著『シェイクスピア『ハムレット』』ほか．シェイクスピア新訳を角川文庫より，児童文学新訳を角川つばさ文庫より刊行中．戯曲に『国盗人』『ウィルを待ちながら』など．

暴君—シェイクスピアの政治学

スティーブン・グリーンブラット

岩波新書(新赤版)1846

2020年 9月18日 第1刷発行
2020年12月15日 第2刷発行

訳 者 河合祥一郎《かわいしょういちろう》

発行者 岡本 厚

発行所 株式会社 岩波書店
〒101-8002 東京都千代田区一ツ橋 2-5-5
案内 03-5210-4000 営業部 03-5210-4111
https://www.iwanami.co.jp/

新書編集部 03-5210-4054
https://www.iwanami.co.jp/sin/

印刷・三陽社 カバー・半七印刷 製本・中永製本

ISBN 978-4-00-431846-0 Printed in Japan

岩波新書新赤版一〇〇〇点に際して

ひとつの時代が終わったと言われて久しい。だが、その先にいかなる時代を展望するのか、私たちはその輪郭すら描きえていない。二〇世紀から持ち越した課題の多くは、未だ解決の緒を見つけることのできないままであり、二一世紀が新たに招きよせた問題も少なくない。グローバル資本主義の浸透、憎悪の連鎖、暴力の応酬——世界は混沌として深い不安の只中にある。

現代社会においては変化が常態となり、速さと新しさに絶対的な価値が与えられた。消費社会の深化と情報技術の革命は、種々の境界を無くし、人々の生活やコミュニケーションの様式を根底から変容させてきた。ライフスタイルは多様化し、一面では個人の生き方をそれぞれが選びとる時代が始まっている。同時に、新たな格差が生まれ、様々な次元での亀裂や分断が深まっている。社会や歴史に対する意識が揺らぎ、普遍的な理念に対する根本的な懐疑や、現実を変えることへの無力感がひそかに根を張りつつある。そして生きることに誰もが困難を覚える時代が到来している。

しかし、日常生活のそれぞれの場で、自由と民主主義を獲得し実践することを通じて、私たち自身がそうした閉塞を乗り超え、希望の時代の幕開けを告げてゆくことは不可能ではあるまい。そのために、いま求められていること——それは、個と個の間で開かれた対話を積み重ねながら、人間らしく生きることの条件について一人ひとりが粘り強く思考することではないか。その営みの糧となるものが、教養に外ならないと私たちは考える。歴史とは何か、よく生きるとはいかなることか、世界そして人間はどこへ向かうべきなのか——こうした根源的な問いとの格闘が、文化と知の厚みを作り出し、個人と社会を支える基盤としての教養となった。まさにそのような教養への道案内こそ、岩波新書が創刊以来、追求してきたことである。

岩波新書は、日中戦争下の一九三八年一一月に赤版として創刊された。創刊の辞は、道義の精神に則らない日本の行動を憂慮し、批判的精神と良心的行動の欠如を戒めつつ、現代人の現代的教養を刊行の目的とする、と謳っている。以後、青版、黄版、新赤版と装いを改めながら、合計二五〇〇点余りを世に問うてきた。そして、いままた新赤版が一〇〇〇点を迎えたのを機に、人間の理性と良心への信頼を再確認し、それに裏打ちされた文化を培っていく決意を込めて、新しい装丁のもとに再出発したいと思う。一冊一冊から吹き出す新風が一人でも多くの読者の許に届くこと、そして希望ある時代への想像力を豊かにかき立てることを切に願う。

（二〇〇六年四月）